HERA DELGADO – NYNA MATEO | Nur 50 Nächte

www.hera-delgado.com

Über die Herausgeberin

Hera Delgado, 1984 in Berlin geboren, führt seit ihrem frühen Erwachsenenalter ein Leben außerhalb der Norm. Sie war viele Jahre lang öffentliches Gesicht der deutschen BDSM-Szene und als einzige Fetischfilmregisseurin Deutschlands in den Medien vertreten.

Neben ihrer bekennenden Liebe zu Bondage steht Delgado auch für alternative Lebenskonzepte, machte sie doch selbst schon früh erste Erfahrungen mit Polyamorie und Beziehungsanarchie.

Mehr zur Herausgeberin: www.hera-delgado.com

Über die Autorin

Nyna Mateo, Jahrgang 1995, ist professionelle Tänzerin und Schriftstellerin. Das Schreiben ist Mateos große Leidenschaft. Im Rahmen eines realen Beziehungsexperiments seitens Hera Delgado entstand die Idee zu diesem Buch. Basierend auf einer wahren Geschichte konnte sich Mateo beim Schreiben gänzlich ihrer Kreativität hingeben und erzählt eine Liebesgeschichte, die zu fesseln weiß.

HERA DELGADO
NYNA MATEO

Nur 50 Nächte

Liebe als ein Projekt auf Zeit

Bibliografische Information der Deutschen Nationalbibliothek:
Die Deutsche Nationalbibliothek verzeichnet diese Publikation in der Deutschen Nationalbibliografie; detaillierte bibliografische Daten sind im Internet über http://dnb.dnb.de abrufbar.

© 2017 Hera Delgado • www.hera-delgado.com

Geschrieben von Nyna Mateo

Postproduktion: Mario Meyer

Herstellung und Verlag:
BoD – Books on Demand, Norderstedt

ISBN: 978-3-7431-2792-0

Prolog

50 Nächte, ein halbes Jahr und eine Romanze – so lautete mein Plan. Eine Romanze, die dazu bestimmt war, mir eine Sprache beizubringen; eine Romanze auf Zeit, begrenzt bis zum Ende des Sommers, eine Sommerliebe mit Zweck. Insofern es sich zu einer entwickeln würde. Doch genau das reizte mich und eben das würde ich nach Ablauf meiner Frist wissen. Ist es möglich, eine Beziehung einzugehen, die nur den Sinn erfüllt, mir eine Sprache näher zu bringen und mich in all ihre Details eintauchen zu lassen? Und die auf genau diesem Vertrag beruht? Findet man einen Partner, der so etwas mitmacht? Jemanden, der weiß, dass seine Zeit zu einem bestimmten Zeitpunkt abgelaufen sein wird und der trotzdem bereit ist, sich auf diese Beziehung einzulassen?

Alles begann mit einem Blog, zwei Männern und einer Wahrheit, die sich schneller verbreitete, als mir eigentlich lieb war. Und meinem Wunsch, endlich perfektes Spanisch zu beherrschen. Es war der erste Tag im April, auf Mallorca wurde es wärmer, die Tage wurden länger und die Frühlingsgefühle erwachten. Nachdem ich einen Großteil des Winters in Deutschland verbracht und Projekte dort verfolgt hatte, begann ich meine Zeit wieder mehr der Insel zu widmen – der Insel und ihren Bewohnern. Schon immer hatte ich eine Schwäche für Männer und insbesondere dafür, wie man sie um den Finger zu wickeln vermag. Ebenso ist es schon beinahe eine Tradition in meinem Leben geworden, aus einer Leidenschaft „mehr" zu machen. Und so entstand die Idee für das, was den Rest meines Sommers deutlich prägen sollte: ein Dating-Blog.

Abend für Abend traf ich also Spanier, Mallorquiner und hin und wieder auch Touristen, ließ mich auf immer wieder dieselben Gespräche ein, saß in denselben Cafés und erzählte jedem dieselben Dinge über mich: mein Name ist Hera Delgado, ich bin Bondagekünstlerin, lebe polyamor – weiter kam ich selten, denn für die meisten meiner Dates war das schon abenteuerlich genug; kaum jemand war in seinem bisherigen Leben mit einer meiner Einstellungen konfrontiert worden. Über jedes Date verfasste ich ein kurzes Video, das ich online stellte, doch zunehmend bekam ich den Eindruck, tagtäglich dasselbe zu erzählen und begann mich zu langweilen, wollte meinen Blog sogar beinahe schon aufgeben – bis ich mein Date mit Pedro hatte.

Pedro war Mallorquiner, jung, attraktiv, sympathisch und mit einem festen eigenen Standpunkt. Kennengelernt hatte ich ihn über Tinder. Während viele der Männer, die mir auf meinem Bildschirm erschienen waren, auch eben so schnell wieder von ihm verschwanden, blieb ich an dem Bild von ihm für Augenblicke hängen. Eigentlich entsprach er mit den braunen Haaren und den haselnussfarbenen Augen so gar nicht meinem Typ, bekannte ich mich doch stets dazu, helle Haare, Haut und Augen zu bevorzugen. Trotzdem war er unbestreitbar gutaussehend. Leider wusste ich sonst nicht viel mehr von ihm. Ich hübschte mich also auf, schminkte mich, setzte mich ins Auto und freute mich auf unser Treffen. Er hatte mich zu sich nach Hause zu einem Kaffee eingeladen – am Ziel angekommen stellte ich mir wie so oft in Spanien die Frage, welche der Buchstaben- und Zahlenkombinationen am Klingelschild denn nun die seine war. Wie auch immer, andere Länder, andere Sitten sagte ich mir...

An der Tür begrüßte er mich, führte mich durch seine Wohnung zum Sofa, wo ich es mir mit einer Decke gemütlich machte. Auch wenn es tagsüber auf Mallorca stetig milder wurde, so waren die Nächte doch noch recht kühl, so dass man abends selbst drinnen noch fror. Mir war direkt aufgefallen, dass er eine sehr schöne Wohnung hatte, alles war extrem ordentlich und ich fühlte mich durchaus wohl. Den Abend verbrachten wir mit interessanten Gesprächen über die spanische Kultur und Lebensweise. Ich führte gern solche Gespräche, in denen ich einen Einblick in andere Sitten und Bräuche bekam und nicht zuletzt war auch dies ein Teil meines Projekts. Er erfuhr also über mich, meinen Lebensstil und meine Denkweisen, wie auch die vielen anderen, die ich vor ihm gedatet hatte. Darüber, dass ich es als Charakterschwäche empfand, in einem Land zu leben und dessen Sprache nicht zu beherrschen. Dass ich für mein Leben gern tauchte und die Schwerelosigkeit unter Wasser genoss. Ich erzählte ihm, wie sehr mich das Außergewöhnliche begeisterte und ich gerne Menschen mit anderen Lebenskonzepten um mich hatte. Und ebenso wie diejenigen zuvor reagierte auch er auf das Thema Polyamorie – eine Beziehungsform, bei der mehrere Liebesbeziehungen gleichzeitig nebeneinander existieren – eher abweisend und verstört, sein ganzes Verhalten mir gegenüber an diesem Abend war vorrangig distanzierter und kühler Natur, jedoch nicht auf unangenehme Art und Weise. Es fiel mir insgesamt schwer einzuschätzen, ob er an mir als

Frau generell interessiert war und das wiederum weckte mein Interesse. Er gefiel mir mit seiner entschlossenen und durchsetzungsstarken Art, dem markanten Kinn, dessen Haut sich zu kräuseln begann, sobald er intensiv nachdachte und einer brennenden Neugier auf alles, was anders war als das, was er kannte. Mit seiner Neugier auf mich. In ihm sah ich die Möglichkeit, jemanden für mein Projekt gefunden zu haben. Also würde ich mir ein bisschen Mühe geben müssen, ich hatte noch längst nicht alle Register gezogen.

Wir trafen uns schlussendlich wieder, verbrachten Zeit miteinander, verlebten ein paar typische erste Dates und gewöhnten uns aneinander. Unsere gegenseitige Sympathie wuchs.

Einige Tage waren vergangen, ich saß gerade entspannt bei einem Kaffee allein in der Stadt, als ich plötzlich eine Nachricht erhielt: „Mallorca ist klein".

Absender dieser Nachricht war Juan, ebenfalls ein Spanier, den ich im Rahmen meines Blogs getroffen hatte. Ich wunderte mich, warum er mir jetzt gerade schrieb, denn er war keineswegs erfreut darüber gewesen, dass ich ihm nach unserem Date einen Link zu meinem Blog schickte und wenig später hatte er nahezu den Kontakt zu mir abgebrochen. Dabei war er mir als Erster wirklich sympathisch gewesen und seine strahlend grünen Augen, die allzu oft von Lachfältchen umringt waren, hatten einen ganz besonderen Eindruck bei mir hinterlassen. Ich liebte grüne Augen.

Ungefähr zeitgleich erhielt ich eine Nachricht von Pedro, in der er mir eben die Vorwürfe, die auch Juan mir schon gemacht hatte, nun seinerseits entgegen schmetterte und unser Date für denselben Abend absagte. Er nannte mich unehrlich, da ich ihm vorenthalten hatte, dass ich ein Video über unser Date aufnehmen würde. Ich dagegen suchte die authentischen Reaktionen, was es mir quasi unmöglich machte, die Männer im Vorfeld darüber aufzuklären. Ich wollte ihr Verhalten nicht verfälschen.

Bedrückt stimmte ich Juan zu, dass Mallorca viel zu klein war und alle über Dritte – wie auch diese beiden Männer – irgendwie miteinander vernetzt waren, so dass es quasi keine Geheimnisse auf der Insel gab.

Pedro hatte durch genau so eine Verbindung von meinem Date mit Juan und meinem Blog erfahren und war nun stinksauer. Relativ vergeblich versuchte ich, ihn zu beruhigen – was mir kaum gelang, aber immerhin konnte ich ihn davon überzeugen, mich wenigstens ein letztes Mal zu treffen. Ein Treffen, um mir die Chance zu geben, mich ihm zu erklären. Das war das Einzige, was zu tun mir noch übrig blieb – er war mir zu sehr ans Herz gewachsen, um ihn auf diese Art und Weise zu verlieren: durch Verheimlichungen und unausgesprochene Vorwürfe. Ich wollte zumindest mit ihm ins Reine kommen, bevor wir uns endgültig aus den Augen verlieren würden. Noch nie hatte ich es gemocht, Menschen so aus meinem Leben gehen zu lassen.

Abends fuhr ich zu ihm. Wir diskutierten hitzig, ich versuchte mich ihm zu erklären, legte ihm verzweifelt meine Gründe da und er machte seine Meinung nur allzu deutlich, während sein Kinn vor Wut zu beben begann. Daran merkte ich, dass er wirklich aufgewühlt war. Ich lenkte mehrfach ein, hatte tatsächlich Verständnis für seine Sicht der Dinge und ein schlechtes Gewissen. Durchaus nicht unbeabsichtigt drückte ich schließlich etwas mehr als wahrscheinlich nötig gewesen war auf die Tränendrüse – der Tag hatte auch mich emotional sehr getroffen – und meine Tränen ließen ihn erweichen, so dass er mich schließlich in seine Arme nahm. Er fragte mich, was aus uns werden würde, eine Frage, die ich selbst dann, wenn ich es gekonnt hätte, nicht gewillt gewesen wäre zu beantworten. Ich bin Beziehungsanarchistin und etikettiere keine Beziehungen. Zu schwer wäre es, wo eine Beziehung anfängt, bis wo es sich um reine Freundschaft handelt und was eine Beziehung denn zu einer solchen macht. Sex? Gefühle? Alltag miteinander? Ich für mich kann diese Frage auf jeden Fall nicht eindeutig genug beantworten und habe dieses Konzept daher hinter mir gelassen.

Trotz allem, oder vielleicht auch gerade wegen all dessen, was an diesem Tag passiert war, fanden wir uns in seinem Bett wieder. Obwohl dies unter normalen Umständen vermutlich nie passiert wäre, war es mir in diesem Moment dennoch gleichgültig. Was geschehen war, würde vermutlich sowieso ab jetzt zwischen uns stehen und ich wollte diesen letzten Augenblick noch genießen. Nur leider konnte ich nicht.

Bildlich gesprochen war es, als säße ich am Nordpol und er am Südpol. Wir waren sexuell so weit wie irgendwie nur möglich war voneinander entfernt – wenn ich rennen wollte, blieb er stehen und wenn er aß, hatte ich keinen Hunger. Während er immer weiter nach rechts ging, rannte ich immer schneller nach links.

Ja, vermutlich war das schlechte Gefühl, das ich währenddessen bekam, auch durch unseren komischen, vorangegangenen Streit verschuldet, aber uns beiden war nur allzu bewusst, dass wir in dieser Hinsicht absolut nicht zueinander passten und es wahrscheinlich auch niemals tun würden. Doch er überraschte mich, indem er sagte: „Ja, es ist halt am Anfang immer schwierig, man muss sich ja auch erst mal aufeinander einstellen". Während er mit zerknirschtem Blick so unter seinen verwuschelten Haaren von der anderen Seite des Bettes zu mir herüber schaute, keimte in mir Hoffnung auf.

Vielleicht sollte es vorerst doch erst einmal nur einen Anfang und kein Ende geben.

April

Da war sie also nun: die Beziehung, nach der ich die ganzen letzten Wochen über gesucht und die zu finden ich bei Pedro schon fast nicht mehr für möglich gehalten hatte. Noch immer fiel es mir schwer einzuschätzen, welche Art von Interesse er denn an mir hatte, obgleich ich mir mittlerweile sicher war, dass er Interesse hatte. Bislang blieben mir seine wahren Motive jedoch ein Rätsel – ein Rätsel, das zu ergründen ich mir zur Aufgabe machte.

Schließlich war die Zeit reif; es war Montagabend, ein anstrengender Tag lag hinter mir und doch blickte ich voll Neugier dem Rest des Tages entgegen, meiner ersten Nacht bei Pedro. Etwas mulmig war mir schon zumute, letztendlich war ich mir dessen, dass ich bleiben würde doch nicht ganz gewiss, aber der Reiz des Neuen und Unbekannten überwältigte mich.

Als ich um 22 Uhr durch die Tür zu seiner Wohnung trat, fragte er mich, ob ich schon gegessen hatte. Für einen Spanier war dies sicherlich eine ganz normale und durchaus berechtigte Frage, ich machte ihm jedoch sehr schnell klar, dass ich es zum Essen mehr als nur ein bisschen zu spät fand – trotz der Tatsache, dass ich den ganzen Tag über noch nicht so richtig viel in den Magen bekommen hatte. Prüfend schaute er mich an, musterte mich mit einem durchdringenden Blick und verschwand mit der knappen Ansage „Wir essen jetzt" in der Küche. Innerlich seufzte ich auf und setzte mich resigniert auf einen Stuhl am runden Esstisch. Immerhin befand ich mich in Spanien und dies waren nun mal die für einen Spanier gängigen Essenszeiten. Abgesehen davon wusste ich mich zu benehmen, wenn ich bei jemandem zu Besuch war.

Kurze Zeit später kam Pedro mit zwei Tellern Pasta aus der Küche zurück. Er wirkte gut gelaunt und schien an meinem bisherigen Verhalten nichts Ungewöhnliches gefunden zu haben. Ich bat ihn um einen Likör zum Essen, er selbst öffnete sich eine Flasche Rotwein. „Nein", antwortete er bloß, „das ist nichts zum Essen. Du kannst Wasser haben oder Wein, alles andere gibt es erst später." Jetzt war es an mir, ihn prüfend anzusehen. Ungläubig darüber, dass er das gerade tatsächlich gesagt hatte, entschied ich mich für ein Wasser. Unzufrieden war ich allemal.

Plötzlich trat er neben mich, stellte sein Weinglas neben mir auf dem Tisch ab und hielt mir ein Glas Wasser hin. „Das hier ist mein Platz, du sitzt da drüben", wies er mich an und zeigte auf den Stuhl gegenüber. Missmutig stand ich auf, ging hinüber, setzte mich und begann schweigend zu essen. Um ein Haar hätte ich stattdessen direkt den Weg zurück zur Tür gewählt. So hatte ich mir das ganz und gar nicht vorgestellt. In meinem Inneren tobte ich, bewahrte jedoch nach außen meine Ruhe. Seit Jahren hatte es niemand gewagt, so mit mir zu sprechen – er bevormundete mich wie ein Kind und das passte mir absolut nicht. Kein Mensch auf dieser Welt hatte das Recht, mir zu sagen, was ich tun und lassen sollte.

Es musste eine ganze Weile vergangen sein, als er mich schließlich fragte, ob alles in Ordnung mit mir sei. Entschlossen schluckte ich meinen Ärger hinunter, rang mit mir selbst und antwortete ihm, dass es nicht so wichtig sei.

Ich hatte die Zeit unseres Schweigens genutzt, um für mich einige Dinge zu klären. Wie weit war ich bereit zu gehen? War ich entschlossen genug, um meine eigene Komfortzone zu verlassen? Wenn ich dieses Projekt eingehen würde, dann entweder ganz oder gar nicht: wenn, dann musste ich auch völlig in die spanische Kultur eintauchen – spätes Abendessen, ekelige Sobrassada, Kaffee mitten in der Nacht und merkwürdiges Frauenbild inklusive.

Und ja, ich war es. Mein Verlangen danach, diese Sprache zu lernen, hatte mich überhaupt erst zu diesem Projekt gebracht und auch diese Widrigkeiten würden mich nicht zurückhalten können.

Später am Abend, als ich gerade auf dem Weg ins Badezimmer war, um mich bettfertig zu machen, bemerkte ich, dass ich vergessen hatte, mir eine Zahnbürste mitzunehmen. Für mich war ja ohnehin nicht wirklich klar gewesen, ob ich nun bei ihm bleiben würde oder nicht.

Aus einem der Schränke holte Pedro eine neue, noch verpackte Zahnbürste für mich heraus. Sie war leuchtend grün, nicht ganz meine Farbe, aber sie war nun für mich. Mit geputzten Zähnen kuschelte ich mich schließlich ins Bett, Pedro nah bei mir.

Ein wenig unbehaglich fühlte ich mich damit schon, so kam es, dass ich die ganze Nacht über eher unruhig schlief und am nächsten Morgen doch recht übermüdet bei ihm aufbrach. Die grüne Zahnbürste hatte ich fein säuberlich und kaum übersehbar auf seinem Waschbecken liegen lassen – noch gehörte sie immerhin ihm und nicht mir.

• • •

Meine nächste Nacht mit Pedro ließ nicht lange auf sich warten. Einige Tage später schon fuhr ich von

Zuhause los in Richtung meines liebsten Sushi-Ladens. Wohlwissend, dass auch Pedro sehr gern Sushi aß, hatte ich ihm den Vorschlag gemacht, zu unserem Treffen mit seinem Lieblingsessen zu kommen – in der Hoffnung, ihm dadurch eine Freude zu machen und stärkere Bindungen zu mir zu entwickeln. Ich wollte die Beziehung zu ihm festigen, merkte ich doch bereits, dass ihm in unserer Beziehung etwas zu fehlen schien. Ich fragte mich instinktiv, ob auch ihm das schon bewusst war. Ich hoffte inständig, dass sich dieses Gefühl bald verflüchtigen würde. Schließlich lag noch fast ein halbes Jahr dieser Beziehung vor uns. Doch schon im Vorfeld gab es wieder Diskussionen: er wollte nur bestimmtes Sushi aus seinem Lieblingsladen, ich aber wollte es dort kaufen, wo es mir am besten gefiel. Wieder einmal waren wir kurz davor aneinander zu geraten und schon bevor ich überhaupt wirklich bei ihm war, verschlechterte sich meine Stimmung. Sushi kaufte ich trotzdem dort, wo ich wollte – entweder würde er es essen oder eben nicht.

Gereizt und mit grimmigem Blick öffnete mir Pedro die Tür. Hinter ihm sah ich auf seinem sonst so ordentlichen Esstisch einen Haufen Papiere liegen, die ein heilloses Durcheinander in seiner Wohnung verursachten. Er selbst sah auf eine nicht ganz greifbare Art zerwühlt aus, die Haare standen ihm zu Berge, sein T-Shirt war zerknittert und sein Gesicht wirkte irgendwie faltig.

„Ist alles okay mit dir?", fragte ich ihn tatsächlich ein wenig besorgt. Direkt begann Pedro zu fluchen und sich aufzuregen; er war mitten in seiner Steuererklärung gewesen, als ich gerade ankam, den Kopf hatte er noch voller Zahlen und seine Laune war wirklich mies. Ich schluckte, fragte mich, was der Abend wohl noch bereit hielt. Ein eher düsterer Gedanke. Ich würde in dieser Nacht noch viele Seiten an ihm kennenlernen, von denen ich gehofft hätte, sie würden mir eher verborgen bleiben.

Recht eilig verkroch ich mich in die Küche, um das Sushi vorzubereiten, möglichst darauf bedacht, den immer noch miesepetrigen Spanier mit seinen Gedanken im Hier und Jetzt ankommen zu lassen. Wahrscheinlich würde er einfach erst mal einen Moment für sich brauchen.

Doch auch während wir aßen, behielt Pedro seine schlechte Laune bei, als klammerte er sich daran fest; er erzählte davon, wie furchtbar seine Arbeit gewesen war und brachte all seine Probleme mit nach Hause. Ein wenig enttäuscht war ich darüber schon. Ich war davon ausgegangen, dass mein Kommen ihn aus seinem Loch holen und eine nur allzu willkommene Abwechslung vom tristen Alltag für ihn sein sollte. Er dagegen versenkte sich immer tiefer in sein schlechtes Gemüt und es kostete mich große Mühe, bis er das erste Mal an diesem Abend lächelte.

Als Pedro nach dem Essen begann aufzuräumen, das Geschirr zu spülen und seine Steuererklärung fertig zu machen, fragte ich ihn, ob ich noch irgendetwas tun könnte. Noch traute ich mich nicht, ungefragt in seinem Haushalt herumzuräumen, dafür war alles zwischen uns noch zu frisch. Er wies mich an, das Bett zu machen.

Verdutzt sah ich ihn an. „Was? Warum?", fragte ich. Es würde ohnehin nur noch wenige Stunden dauern, bis wir schlafen gingen – und ein ungemachtes Bett am Abend bedeutete auch nicht den Weltuntergang. „Na, weil es nicht schön aussieht", gab er zurück, indem er anfing das Bett zu machen. Der Mann ist ein Pedant vor dem Herrn, wurde mir in genau diesem Moment klar und ich fragte mich, wie mir das bisher entgangen sein konnte: ständig war er schlecht gelaunt, dominant im Alltag oder hielt nur aus Prinzip an den nutzlosesten Kleinigkeiten fest. Und kaum etwas strengte mich so sehr an wie sinnlose Pedanterie.

„Du hast dich trotzdem für diesen Mann entschieden", rief ich mir ins Gedächtnis. Ich hatte von vornherein gewusst, dass ich von Problemen nicht verschont bleiben würde. Ich riss mich also zusammen, folgte ihm ins Wohnzimmer und machte es mir – auch wenn es mich einiges an Überwindung kostete – neben ihm auf dem Sofa gemütlich. Gemeinsam sahen wir einen Film, die Stimmung wurde zusehends entspannter und Pedros Laune besserte sich so sehr, dass ich darüber hinaus auch meine Verstimmung vergaß.

„Hab ich noch eine Zahnbürste?", rief ich ihm später aus dem Badezimmer zu. Lächelnd erschien Pedro in der Tür und zeigte auf den Zahnputzbecher, in dem meine knallgrüne Zahnbürste neben seiner steckte. „Aber natürlich", erwiderte er.

Bei dem Gedanken, eine eigene Zahnbürste bei ihm zu haben, ging mir das Herz auf und ich fühlte mich direkt ein bisschen mehr zuhause. Er war so süß in diesem Moment, dass ich beinahe gewillt war, ihm sein Verhalten des ganzen Abends zu verzeihen. Beinahe – warum nur konnte er nicht öfter so sein; die Dinge zwischen uns wären dann so viel einfacher.

Im Bett angekommen, machte ich ihm deutlicher als zuvor, was ich von ihm wollte und vieles davon erschrak ihn und widerte ihn an. Als er ein Kondom holte und wieder das Licht ausschalten wollte, hielt ich ihn davon ab. Dass er nur Sex im Dunkeln haben konnte, fand ich beim letzten Mal schon unmöglich; er fühlte sich offensichtlich unwohl, wenn wir uns, während wir miteinander schliefen, in die Augen sahen, doch darauf konnte ich jetzt keine Rücksicht nehmen, wenn wir uns jemals aneinander gewöhnen wollten. So war ich nun einmal.

Der Sex dieser Nacht war besser, aber immer noch nicht gut. Wir bewegten uns nur langsam aufeinander zu, die Reise war mühselig und keiner von uns beiden fand wirklich Gefallen an ihr. Es war, als würde ein jeder von uns von seinem eigenen Pol aus versuchen, im Eismeer mit einem Floß in See zu stechen: es war eiskalt und unbehaglich, es war beschwerlich, doch vor allem: es erschien nahezu unmöglich, denn das Meer war gefroren.

„Nein, du kannst noch nicht gehen", murmelte er am nächsten Morgen, als ich aufbrechen wollte. Pedro umarmte mich fest und zog mich an sich, während ich tief einatmete. Noch einmal bemerkte ich, was mir in der letzten Nacht schon aufgefallen war: ich konnte diesen Mann einfach nicht riechen, so sprichwörtlich das in unserem Fall auch anmutete.

„Doch, ich muss", antwortete ich, gab ihm einen Kuss auf die Stirn und verließ ihn, obwohl er mit dem zerknirschten, verschlafenen Blick sehr süß aussah und ich in diesem Moment gern noch bei ihm geblieben wäre. Aber ich war überanstrengt von dem ganzen letzten Abend, dem schlechten Sex und seiner ganzen seltsamen, pedantischen Art. Als ich durch die kühle Morgenluft zu meinem Auto ging, atmete ich tief durch, fühlte mich unglaublich befreit und begann, leise zu summen.

...

Es war Sonntag, die Sonne schien, das Fleisch war eingelegt und die Salate zubereitet, langsam trudelten die ersten Gäste ein: es war Zeit für eine Grillparty. Die Stimmung war ausgelassen, es gab Alkohol, für den ein oder anderen von uns vielleicht auch ein wenig zu viel, und ich erwartete heute ganz besonderen Besuch: Juan würde kommen.

Der Konflikt mit Pedro hatte mich wieder in Kontakt mit ihm gebracht, worüber ich trotz der dramatischen Situation sehr froh gewesen war. Juans sympathische, fröhliche Art und sein ungewöhnlicher Humor hatten mir auch damals schon sehr gefallen. Da wir uns schon zulange nicht gesehen hatten, sondern seit dem Eklat mit Pedro nur über Nachrichten Kontakt gehalten hatten, entschied ich, dass auch er bei meiner Party nicht fehlen durfte. Etwas an ihm zog mich unbestreitbar an. Um der Chancengleichheit keinen Abbruch zu tun, lud ich selbstverständlich ebenfalls Pedro ein; beide Männer wussten voneinander, von meinem Blog und auch davon, dass ich mich selten auf nur einen Mann beschränken würde.

Gespannt wartete ich auf ihr erstes Treffen, neugierig wie sie reagieren würden. Sie verhielten sich wie immer: Juan lachte viel und Pedro stinkstiefelte vor sich hin und gab Anweisungen, was zu tun war. Auch für mich war es ein ganz neues Gefühl, diese beiden so unterschiedlichen Männer im direkten Vergleich miteinander zu erleben. Sie mochten sich nicht, das war offensichtlich und trotzdem waren sie beide gezwungen Zeit miteinander zu verbringen, wenn sie bei mir sein wollten.

Ich kokettierte mit beiden, schenkte mal dem einen und mal dem anderen meine Gunst und Aufmerksamkeit und verteilte nur sehr sparsam zärtliche Gesten. Was man von den beiden Anderen nicht behaupten konnte: ihre Konkurrenz zueinander war so offenkundig, immer abwechselnd während sie mit mir sprachen, versuchten sie mich zu berühren: meine Hand, mein Bein oder meinen Arm anzufassen und mir dabei in die Augen zu sehen. Es war wie ein Spiel, es war schon beinahe zu übertrieben, um wirklich zu sein.

Am Abend verabschiedete ich sie beide, bevor sie nach Hause fuhren, ließ sie jedoch in ihrer Ungewissheit. Natürlich hatte ich sie anstacheln wollen, den Konflikt nicht unabsichtlich angeheizt. Noch wollte ich keinen von ihnen zu sehr in Sicherheit wiegen. Und schließlich wollte auch ich meinen Spaß am Geschehen haben. Auch ich fragte mich, wer mich letztendlich würde überzeugen können...

• • •

Aufgekratzt packte ich einige meiner Sachen zusammen, die ich mit zu Pedro nehmen würde, unter anderem ein eigenes Schlafshirt von mir. Bislang hatte ich immer in seinen Sachen geschlafen, doch ich dachte mir, es wäre so langsam an der Zeit, etwas, was wirklich mir gehört, in seinem Haushalt zu platzieren.

Ich war bester Laune, als ich im letzten Licht des Tages den Weg von meinem Haus entlangfuhr, obwohl ich wusste, dass uns heute einige schwerwiegende Gesprächsthemen bevorstanden. Am Tag zuvor hatte ich ihm eine Nachricht geschrieben und versucht ihm mitzuteilen, dass sein dominantes Verhalten mir gewaltig gegen den Strich ging. Voller Unverständnis hatte er darauf nur mit „Erkläre dich", geantwortet, was allzu typisch für ihn gewesen war. Wir würden heute also hoffentlich ein klärendes Gespräch über seine Verhaltensweisen mir gegenüber haben. Leider war ich wenig optimistisch, dass die Auswirkungen dieser Unterhaltung tatsächlich etwas bewirken würden. Allerdings sah ich hierin meine einzige Chance, würde ich dieses Projekt aufrecht erhalten wollen.

Natürlich war seine erste Frage, als ich ankam, ob ich schon etwas gegessen hatte. Ich bejahte. Er schaute ein wenig traurig darüber drein und führte mich ins Wohnzimmer, wo sich auf dem Couchtisch nebst Kerzen und Wein ein paar Schnittchen wiederfanden. Mich durchströmte ein warmes Gefühl, so viel Mühe hatte er sich noch nie gegeben und offensichtlich war auch er bester Laune heute, denn er strahlte mich herzlich an. „Und er hat uns Abendbrot gemacht!", dachte ich gerührt. Gemeinsam setzten wir uns, während er aß und ich mich sogar dazu erweichen ließ, wenigstens einmal zu probieren. Echtes mallorquinisches Brot, wie mir auffiel. Sehr lecker.

Nebenbei lief der Fernseher, Real Madrid spielte, Pedro fieberte mit und ich kuschelte mich an ihn. Er freute sich über meine Anschmiegsamkeit, ich genoss das Gefühl von Alltag, das sich zwischen uns beiden einstellte – etwas was tendenziell ungewöhnlich für mich war, da mir der stinknormale Alltagstrott normalerweise stark missfiel – und auch er schien sich damit sehr wohl zu fühlen. Wir beide hatten versucht, die Phase des Kennenlernens möglichst schnell hinter uns zu lassen, weswegen wir vermutlich auch recht schnell die Nächte miteinander verbrachten.

Plötzlich – Real Madrid hatte gerade eine Torchance – sprang Pedro fluchend von der Sitzfläche auf und kletterte auf den Ottomanen. Allgemein war beeindruckend, wie viel er das ganze Spiel über geflucht hatte, Spanier schienen da grundsätzlich mit hinreichender Begabung gesegnet zu sein. Etwas geistesabwesend und vollkommen aufs Spiel fixiert erklärte er mir, sein plötzlicher Platzwechsel läge allein darin begründet, dass an genau diesem Punkt des Raumes die Tonqualität seines Dolby Digital Surround Systems die Beste sei. Mir war klar, dass er für den Rest des Spiels in dieser unbequemen Position hocken bleiben würde und ich verdrehte die Augen, wohlwissend, dass es sowieso von ihm unbemerkt bleiben würde.

In der Halbzeitpause fing er an, mir Wein einzuschenken und obwohl ich ihm sehr deutlich sagte, dass ich nach den Ereignissen unserer Grillparty bis auf Weiteres keinen Alkohol mehr trinken wollte, bestand er darauf, da die Flasche nun immerhin schon geöffnet sei. Blöder Pedant! Ich schüttelte zwar den Kopf, ergab mich aber in mein Schicksal und willigte ein, dieses eine Glas zu trinken. Wir würden später schon noch darüber sprechen.

Kurz darauf fragte er mich, was ich denn mit meiner Nachricht, er sei zu dominant, gemeint hatte. Verständnislos fragte ich ihn: „Weißt du das wirklich nicht?". Er sah mich ahnungslos an und zuckte mit den Schultern. „Das hier meine ich", sagte ich etwas lauter als beabsichtigt, zeigte auf mein Weinglas und redete mich endgültig in Rage: „Andauernd sagst du mir, was ich tun und lassen soll und du bevormundest mich am laufenden Band. Das passt mir überhaupt gar nicht!". Er begann sich zu erklären, ruderte zurück und versuchte mir klarzumachen, dass das alles nur witzig von ihm und keineswegs böse gemeint war. So schnell ließ ich mich allerdings nicht abspeisen, erklärte ihm, dass seine Witze absolut nicht auf Gegenliebe stießen und ich aufgrund der Sprachbarriere, die in solchen Fällen bislang noch zwischen uns stand, dieses Verhalten seinerseits auch nicht wirklich guthieß. Trotz seiner abwehrenden Reaktion hoffte ich, dass ich ihn nun in seine Schranken verwiesen hatte und solch ein Benehmen nicht weiter entartete.

Nach dem Fußballspiel gingen wir in die Küche, Pedro stellte die Kaffeemaschine an und ich setzte mich auf die Anrichte. Wir fingen an, über Sex zu reden. So, wie das bislang mit uns lief, würde es für mich zwischen uns nicht weitergehen können, das machte ich ihm klar; ich stand nun mal auf die perversen Dinge und trotz der Tabus, die er mir offenbarte, fanden sich auch einige Sachen, die auszuprobieren er sich bereiterklärte und denen er auch nicht ganz ohne Neugier entgegenblickte.

Wir holten also unsere Spitzhacken hervor, fingen an auf das uns umgebende Eis einzuschlagen in der Hoffnung, uns einen Weg durch die Kilometer von Eis bahnen zu können, die uns umgaben. Wenn man sich jemals vorstellt, tatsächlich mit einem Floß mitten im arktischen Eismeer zu sein, sich durch das Eis schlagen zu müssen und durchgefroren in der Kälte zu sitzen, dann bekommt man vielleicht eine Vorstellung davon, was für eine lange und müßige Expedition man vor sich hat. Und wie nah man dabei immer wieder dem Aufgeben kommt.

Zugegeben, das Thema war komplex und mein Spanisch lange noch nicht gut genug für all diese Details. Trotzdem erinnerte ich ihn daran, als er immer öfter und auch bei einfacheren Sachverhalten ins Englische wechselte, daran, dass wir einen Deal miteinander hatten: ich verbrachte Zeit mit ihm und er sprach dafür mit mir spanisch. Meine Forderung war deutlich: er sollte sich an unsere Abmachung halten, schließlich bekam er auch etwas von mir. Doch auch er stellte seine Bedingungen an unsere Beziehung noch einmal ganz klar: es ging ihm nicht in erster Linie um Sex, das war auch mir mittlerweile klar geworden. Für ihn war ich wie ein Fenster in eine ganz neue, eine abenteuerliche Welt, die er kennenlernen wollte.

Auf meinen fragenden Blick hin erklärte er mir, er sei wie ein Pferd, das sein ganzes Leben in einem Stall verbracht hatte. Der Stall war schön, es gab immer genug Futter, es gab keine Gefahren und er fühlte sich dort sehr wohl. Der Stall war gleichsam seine Komfortzone. Er wusste nicht einmal, dass außerhalb dieses Stalles noch eine Welt draußen existierte. Eines Tages jedoch öffnete jemand das Fenster und er konnte die Wiese sehen, die Blumen, den blauen Himmel und die Sonne und alles da draußen erschien ihm so verlockend und so anziehend, dass er fortwährend nur noch in seinem Stall stand, an die Wiese draußen dachte und wie es dort wohl sein möge. Er sehnte sich nach dem Abenteuer, die Welt außerhalb seines Stalls zu erkunden und plötzlich kam ich, nahm ihn an die Hand, mit dem Versprechen sie ihm zu zeigen. Doch trotz der Neugier, die er verspürte, liebte er seinen Stall, er war sein Zuhause und er würde jeden Abend dorthin zurückkehren und sich niemals so weit von ihm entfernen, dass er außer Sichtweite kam. Er war nicht eines von den Pferden, die sobald sie den Stall verließen, losrannten und nie wieder zurückblickten. Und er spürte in seinem Inneren, dass ich genau solch ein Pferd war.

Als ich mein Schlafshirt aus meiner Tasche holte, sah Pedro mich an und schlug die Bettdecke zurück. Darunter lag, ordentlich gefaltet neben seinem auch das Shirt von ihm, in dem ich die letzten Male geschlafen habe. „Ich hab dein T-Shirt für dich aufgehoben", sagte er etwas schüchtern und es war einer dieser Momente, in denen ich ihn so unglaublich gern hatte für das, was er tat.

Ich war hin- und hergerissen und wusste nicht, was ich von diesem Mann im Ganzen halten sollte. Da waren Augenblicke wie dieser, in denen er so süß und liebenswert war, aber dann gab es auch noch den Rest seiner Person, den alltäglichen Pedro, der mich mehr und mehr abstieß. Und er war keineswegs verliebt in mich, dessen war ich mir sicher. Seine Gefühle für mich waren höchstens so ausgeprägt wie meine Gefühle für ihn; er machte mir keine Komplimente, schrieb mir nicht von allein und dachte offenbar auch sonst selten an mich – ebenso wie ich es auch mit ihm getan hätte, wäre da nicht dieses Projekt gewesen. Ich schlief mit meinem eigenen Shirt, aber ich brachte es am nächsten Morgen nicht über mich, es bei ihm zu lassen.

• • •

Auch Juan ließ nach unserer Grillparty nicht lange darauf warten, mich wiedersehen zu wollen. Zuhause rührte ich Salatdressing an, Juan hatte die restlichen Zutaten schon besorgt und bei ihm warteten ein Salatkopf, eine Dose Mais, Thunfisch und Muscheln darauf, dass ich meinen Salat von der Party noch einmal zubereiten würde.

„Siehst du, andere Leute kommen mit einer Flasche Alkohol, ich komm mit einer Flasche Essig und Öl", begrüßte ich ihn als ich vor seiner Tür stand, während er mich lachend umarmte und auf beide Wangen küsste. Direkt hinter ihm stürmte sein Hund durch die Tür, ein knautschgesichtiger Mops namens Jack, der schwanzwedelnd an mir hochsprang und immer wieder versuchte, meine Aufmerksamkeit zu erregen. „2 Minuten", lächelte Juan entschuldigend, während er kopfschüttelnd zu seinem Tier hinunterblickte.

Beim Betreten seiner Wohnung fiel mir direkt auf, wie arg es nach Hund stank, womit ich ihn augenblicklich aufzog. Allerdings zum Leidwesen von Jack, der aufgrund dessen den restlichen Abend auf der Terrasse verbringen musste – genau genommen verbrachte er ihn mit vorwurfsvollen Blicken vor der Terrassentür sitzend bzw. blickte mit traurigen Augen aus seinem Knautschgesicht zu uns herein. Juan führte mich in die Küche, wo ich alles vorfand, was ich für meinen Salat benötigte und machte mich sofort ans Werk. Währenddessen deckte Juan den Tisch und stellte mir die Frage, was ich denn zum Essen gern trinken würde. „Einen Kaffee", lautete meine Antwort. Skeptisch sah er mich an. „Das ist doch kein Getränk zum Essen", sagte er. „Nicht schon wieder", dachte ich bei mir, zuckte mit den Schultern und erwiderte: „Na und?". Kopfschüttelnd begann er zu grinsen, zwinkerte mir zu und machte sich daran, die Kaffeemaschine anzustellen.

In meinem Inneren vollführte ich einen Freudentanz. „Na also, es geht doch", dachte ich bei mir im Gedanken an einen anderen Mann, der auf diese Aussagen sicherlich anderweitig reagiert hätte.

Die ganze Zeit über lachte Juan, verschluckte sich beinahe am Essen und strahlte wie gewohnt so eine gute Laune aus, die mir wieder einmal ins Gedächtnis rief, wie toll ich ihn eigentlich fand. Während des Essens kam nicht ein einziges Mal ein unangenehmes Schweigen oder eine angestrengte Unterhaltung zustande so wie ich das von Pedro kannte. Ich liebte die Gespräche mit ihm: sie waren interessant, voller Witz und Charme und es war so einfach. Ich hätte stundenlang mit ihm reden können – wenn ich mehr verstanden hätte. Die Wahrheit war, dass so gern ich mit ihm redete, ich an diesem Tag nicht die nötige Konzentration dazu aufbrachte. Ich war am Morgen tauchen gewesen und mein Gehirn immer noch von Stickstoff blockiert. Doch er nahm es mit Humor und lachte nur umso mehr darüber.

Obwohl es mir sehr gegen den Strich ging, zückte ich schließlich mein Handy und benutzte meinen Übersetzer – oder wollte ihn vielmehr benutzen – was an der schlechten mobilen Internetanbindung in seinem Dorf schließlich scheiterte. Notgedrungen fragte ich ihn also nach dem WLAN-Passwort, welches er für jeden gut ersichtlich am Kühlschrank platziert hatte. Er begründete dies damit, dass jeder seiner Besucher früher oder später danach fragte.

Ich versuchte also nach dem Essen mich in sein WLAN einzuwählen, fand allerdings das Netz nicht und so kam er, um mir behilflich zu sein. Er trat hinter mich, dicht an mich heran und legte mir die Hände auf die Hüften. Kühlschrank? WLAN? Mein Interesse war innerhalb von Sekunden verschwunden und ich konnte mich nur noch auf seine Hände an meinen Hüften konzentrieren. Tief atmete ich durch und versuchte, einen kühlen Kopf zu bewahren. Es fühlte sich so gut und so richtig an, wie er mich anfasste und ich wollte am liebsten, dass er mich gar nicht wieder losließ. Jedoch versuchte ich, ihn das nicht direkt so stark spüren zu lassen.

Entspannt setzen wir uns einige Minuten später gemeinsam auf die Couch, ich kuschelte mich an ihn und es dauerte nicht lange, bis er anfing, mich zu küssen – und plötzlich wurde ich super schüchtern, hätte mich am liebsten unter einer Decke verkrochen. Ich wurde sogar recht schweigsam, obwohl ich normalerweise ein außergewöhnlich redegewandter Mensch war. Doch plötzlich war mein Mund trocken und ich bekam kaum mehr ein Wort hervor. Einen kurzen Moment lang verspürte ich sogar das Verlangen, mich im Kleiderschrank zu verstecken, so kindisch das auch klang. Vor allem weil mir schon den ganzen Tag über klar gewesen war, was an diesem Abend passieren würde.

Was schließlich auch passierte – und der Sex war atemberaubend schön. Es war schön, wie er mich küsste, es war schön wie er mich anfasste und es war schön, ihm dabei in seine grünen Augen zu sehen. Ich musste einfach wissen, ob ich ihn riechen konnte, schmiegte mein Gesicht in seine Halsbeuge und atmete tief ein. Er roch wahnsinnig gut! Während ich Pedro absolut nicht riechen konnte, gefiel mir Juans Geruch selbst nach dem Sex noch, als er verschwitzt und erschöpft neben mir lag.

Als ich frisch geduscht und angezogen wieder auf dem Sofa Platz nahm, merkte ich schon, dass es wieder passieren würde. Und das Mal danach ebenso, bevor ich mich endlich losriss, um nach Hause zu fahren, immerhin war es mittlerweile spät geworden. Aber es war gewiss, dass ich das nächste Mal die Nacht bei ihm verbringen würde.

Während der Sex mit Pedro gewesen war, als befänden wir uns an zwei verschiedenen Polen, war es mit Juan als träfen wir uns zufällig an derselben Stelle der Sahara. So als wären wir die einzigen Menschen am gleichen Ort in einer endlosen Wüste. Es war wie eine heiße Sommernacht, ein Himmel voller Sterne, wie ein Sandsturm und ein lang erwarteter Regen. Als würden wir zu zweit der nächsten Fata Morgana nachjagen – immer weiter und weiter; Hand in Hand und mit demselben Ziel.

„Ich möchte wirklich nicht gehen", flüsterte ich ihm zu, als wir uns verabschiedeten. „Hey, hey, hey", murmelte er, „man kann doch nicht gleich alles haben am ersten Tag". Er lächelte mir zu.

Wir hatten einen ersten Tag.

...

Mit dem Motorrad holte ich Juan von der Arbeit ab. Auf dem Weg dorthin wurde ich plötzlich total aufgeregt, ich war nervös, wie unsere erste gemeinsame Nacht miteinander werden würde.

Ich stieg in sein Auto, mein Motorrad ließ ich bis zum nächsten Tag stehen. „Lange nicht gesehen", neckte er mich. Unser letztes Treffen war gestern gewesen, nachdem wir uns zuvor fünf Tage nicht gesehen hatten – es war mir schier endlos vorgekommen und ich hatte ihm mehrfach versichert, dass wir es ab sofort verhindern würden, uns für eine so lange Zeit nicht zu sehen. Und ich hatte mein Wort gehalten.

Gemeinsam machten wir uns auf den Weg nach Palma, wo wir später zusammen Sushi essen gehen würden. Vorher jedoch unternahmen wir einen ausgiebigen Spaziergang am Strand – inklusive einiger interessanter und pikanter Gesprächsthemen. Wir sprachen über Sex, darüber, dass er mit nur wenigen Frauen er geschlafen und wie viele Freundinnen er gehabt hatte, er fragte mich nach meinen Vorlieben und ich gestand ihm aufrichtig, dass sie ihn zu diesem Zeitpunkt bloß verschrecken würden.

Trotzdem tastete ich mich langsam vor und offenbarte ihm vorsichtig einige erste Dinge, die verhältnismäßig unverfänglich waren. Das Gespräch erstreckte sich über die weiteren, nachfolgenden Stunden: während des Essens erzählte ich ihm von Pedro, davon dass er sich schon wieder aufregte, weil er von mir und Juan erfahren hatte, davon, dass Pedro allgemein ein Problem mit meiner Lebensweise hatte, mich als unehrlich empfand und davon, dass ich mir zum jetzigen Zeitpunkt nicht sicher war, ob wir uns überhaupt noch einmal wiedersehen würden. Aber um ehrlich zu sein, störte ich mich daran auch kaum – ja eigentlich war ich sogar beinahe froh ihn los zu sein; wenn damit nicht automatisch Juan an seine Stelle nachrücken würde und damit ebenso klar war, dass er derjenige sein würde, mit dem ich die Beziehung im Oktober würde beenden müssen. Denn so war nun einmal mein Projekt. Erst viel später würde ich die wahren Gründe für dieses Verhalten Pedros erfahren – so unverständlich es mir zu diesem Zeitpunkt auch noch erscheinen mochte.

„Du weißt, dass du ab nun mein Freund bist und wir bis Ende Oktober eine Beziehung miteinander haben werden oder?" Ich lächelte ihm zu. Wie es nun einmal so meine Art war, stellte ich ihn vor vollendete Tatsachen. Und scheinbar ging er darauf ein.

„Und dann, wenn die Zeit gekommen ist, sagst du zu mir: ‚Danke Juan, dass du mir Spanisch beigebracht hast, es war nett mit dir. Tschüss.' Und alles ist vorbei?"

Er sah mich beinahe entgeistert an, er hatte genau verstanden, worauf er sich gerade eingelassen hatte.

Zuhause angekommen hatten wir Sex – wieder einmal war es grandios, doch trotzdem versuchte ich langsam und spielerisch ihn in die Richtung zu lenken, von der ich wusste, dass sie mir auch nach der Phase großer Verliebtheit noch gefallen würde.

Ich schlief schlecht in dieser Nacht, Juan nah bei mir, der mich die ganze Zeit eng umschlang. Allerdings war ich das nicht gewohnt und obwohl es sich wunderschön und behaglich anfühlte, wurde ich immer wieder wach und erwachte aus unruhigen Träumen. Ständig musste ich mich zurückerinnern, wie begeistert er gewesen war, als ich ihm sagte, ich sei verliebt in ihn; daran, wie er mir während des Essens vollkommen das Gefühl gab, verstanden zu haben und auch zu akzeptieren wie ich war; daran, wie er sich über jedes meiner Komplimente freute. Ich fühlte mich einfach wahnsinnig glücklich mit ihm.

Morgens verabschiedete er mich mit den Worten: „Nun kannst du die Stunden zählen bis zu unserem nächsten Wiedersehen". „Noch weiß ich ja nicht, wann wir uns wiedersehen werden", quittierte ich kokett und fragte mich insgeheim, wann er sich wohl bei mir melden würde.

...

Der April war viel zu schnell vergangen und einen viel zu großen Teil meiner Zeit hatte ich dabei an Pedro verschenkt. Ich war unaussprechlich froh darüber, dass dies nun ein Ende hatte; Zeit vergeuden würde ich ab jetzt nicht mehr. Immer wieder und wieder begannen meine Gedanken nun um Juan zu kreisen, ich vermisste ihn, wenn er nicht bei mir war und wenn er da war, konnte ich kaum einen klaren Gedanken mehr fassen. Wir erlebten intensive gemeinsame Stunden, von denen wir beide kaum genug bekommen konnten. Und es war perfekt so wie es war. Es war der absolut perfekte Start in eine Beziehung, von der ich wusste, dass ihr Ende nicht annähernd so perfekt sein würde und beständig näher rückte. Je näher ich ihm kam und je mehr ich mich in ihn verliebte, desto mehr wurde ich mir dessen bewusst, dass die Uhr tickte. Ich hoffte sehr, dass ich die Zeit gut nutzen würde – nein, eigentlich glaubte ich ganz fest daran. Was bliebe mir sonst für eine andere Wahl!?

Mai

Juan und ich trafen uns zum Essen, wieder einmal in unserem liebsten Sushi-Restaurant in Palma. Welch Zufall, dass wir beide dieselbe Leidenschaft für denselben Laden teilten. Es war mein Vorschlag gewesen, dorthin zu gehen, denn ich liebte dieses Restaurant, und er fiel fast vom Glauben ab, denn es war auch sein Lieblings-Japaner. Es war wieder einmal zu viel Zeit seit unserem letzten Treffen vergangen und glücklich darüber, ihn endlich bei mir zu haben, stürzte ich mich in seine Arme. Wir waren ausgelassen, lachten miteinander und er scherzte auf seine ihm so eigene Art – zog mich auf wie er das immer tat. Es hätte nicht schöner sein können, wäre ich nicht gleichzeitig von einer ganz eigenartigen Wehmut überrollt worden, die offensichtlich auch er spürte.

Unser Gespräch wendete sich, verlor an Fröhlichkeit und umkreiste wieder einmal das Thema, über das ich eigentlich nicht nachdenken wollte. Das Thema, mit dem er schon seit Tagen versuchte, sich abzufinden und mit dem er trotzdem keinen Frieden schließen konnte.

„Wenn du wirklich in mich verliebt bist und mit mir zusammen sein willst, warum willst du dann im Oktober mit mir Schluss machen?" Ich sah ihm an, wie weh ihm diese Frage tat und es fiel mir so unsagbar schwer, ihm die Antwort darauf geben zu müssen, von der ich mir selbst geschworen hatte, dass ich sie ihm wahrheitsgemäß geben würde. An der ich mich mit einer Verzweiflung festklammerte, obwohl sie auch mir Schmerzen zufügte. „Weil genau das mein Projekt ist. Wir haben exakt ein halbes Jahr miteinander. 50 Nächte". Unter dem Tisch verschlang ich meine Finger miteinander, presste den Daumen zwischen Zeige- und Mittelfinger, hilflos um Beherrschung ringend. „Aber es ist doch dumm, jemanden nur aus Prinzip zu verlassen, den man liebt, nur wegen eines Projektes", wandte Juan ein. In meinem Inneren schrie eine Stimme laut auf und gab ihm recht. Natürlich stimmte es, dass ich ihn nicht verlassen wollte und in meinem Kopf teerte, federte und vierteilte ich mein blödes Projekt für das, was es mir nehmen würde. Nach außen antwortete ich ihm jedoch mit ruhiger Stimme: „Ich werde im Oktober mit dir Schluss machen, weil ich es so will." Und auch das stimmte irgendwie. Ich, die Meisterin der Selbstdisziplin, hatte immerhin ein Ziel vor Augen, und ich wusste, dass ich es erreichen würde, kostete es, was es wolle und auch wenn es mir viel abverlangen würde. Denn das war eine Gewissheit.

Den Rest unseres Essens und die Fahrt zu ihm verbrachten wir beide in dieser seltsamen Stimmung. Ich wusste, dass er verletzt war; beide fühlten wir diese seltsame Melancholie und Beklemmung, die sich weiter zwischen uns breitmachte. Bei ihm zuhause schließlich platze alle Anspannung – wir erlebten eine wunderschöne Nacht miteinander, getrieben von dem Wissen, dass all dies viel zu bald ein Ende haben würde; getrieben von der Zeit, die viel zu schnell verstrich und gegen uns arbeitete. Ermattet von den trübsinnigen Gedanken, dieser Spannung zwischen uns und den seelischen Strapazen unseres gemeinsamen Abends schlief ich schließlich fest von seinen Armen umschlungen ein.

...

Nachdenklich stand ich an meiner Garderobe, unsicher was ich anziehen sollte. Juan und ich hatten uns für den späten Nachmittag am Strand verabredet, bevor wir die Nacht gemeinsam bei ihm verbringen würden. Mit viel Glück wäre sicherlich auch noch ein Abstecher bei unserem Lieblingsjapaner drin, so war mein Plan. Ich entschied mich also trotz des sommerlichen Wetters auf der Insel für einen Pullover, da es später mit Sicherheit noch kühl werden würde, kämmte mir noch einmal die Haare und flocht mir einen Zopf.

Mit dem Motorrad sauste ich los, der Wind blies mir ins Gesicht und die tiefstehende Sonne blendete mich. Der Gedanke daran, Juan bald zu sehen, erfüllte mich mit Freude und ich spürte ein kleines Kribbeln in der Magengegend. Noch immer versetzte dieser Mann mich wirklich in Aufruhr.

Ich war ein wenig zu früh am vereinbarten Treffpunkt, so dass ich mir den Pullover auszog, diesen ausbreitete und mich dann auf einem Felsvorsprung niederließ, den Kopf zurücklehnte und mir die letzten wärmenden Sonnenstrahlen ins Gesicht scheinen ließ.

Der Sand knirschte unter seinen Schuhen und als ich gegen die Sonne blinzelte, sah ich, wie Juan auf mich zu schlenderte. Fröhlich neben ihm trottete Jack, ein drolliger kleiner Mops mit dem so typischen, plattgedrückten Gesicht, der, sobald er mich erblickte, fröhlich an der Leine ziehend auf mich zuwatschelte und sein Herrchen zur Eile antrieb. Doch Juan, der mich breit angrinste und dem Antrieb seines Hündchens uneingeschränkt nachgab, schien mindestens genauso schnell bei mir sein zu wollen wie Jack, der nun, um Aufmerksamkeit bemüht, bellend an meinem Bein hochsprang, während ich meinen Lieblingsspanier fest an mich zog. Er legte mir die Hände auf die Hüften und küsste mich und beinahe verdammte ich den öffentlichen Ort, an dem wir uns befanden. Wie oft hatte er mich schon berührt und angefasst, aber seine Berührung gab mir noch immer das selbe elektrisierende Gefühl.

Unser Miteinander war so herzlich, die Szenerie am Strand mit der untergehenden Sonne verströmte bilderbuchhafte Romantik und ich kuschelte mich an den Mann, der mir schon lange nicht mehr nicht aus dem Kopf ging.

Juans Telefon surrte, als er eine Nachricht bekam, die er sich laut lachend ansah. Kurz darauf drückte er mir sein Telefon in die Hand, warf sich mit seinem Hund in den Sand, setzte ihm seine Sonnenbrille auf und gemeinsam posierten sie für ein lustiges Foto – wobei ich mich nicht an ein Foto des Hundes erinnern konnte, das nicht lustig gewesen war; er schien prädestiniert dafür zu sein.

„Das schicke ich jetzt in unsere Mops-Gruppe", erzählte er mir voller Stolz. „Eure was?", erwiderte ich verständnislos, als es mir plötzlich dämmerte. Oh nein! „Na unsere Mops-Gruppe. Alle in dieser Gruppe haben einen Mops und wir posten da Bilder von unseren Hunden."

„Hin und wieder organisieren wir sogar ein Treffen, bei dem wir..."

Ich fing lauthals an zu lachen, die Tränen stiegen mir in die Augen, während ich abwechselnd zwischen Jack und Juan hin- und her blickte. „Du gehst ganz ernsthaft zu Mops-Treffen?", fragte ich ihn, noch immer atemlos und um Beherrschung ringend, doch ich konnte mich einfach nicht beruhigen. „Klar", antwortete Juan mit strahlender Miene, „von dem letzten Treffen gibt's sogar ein Bild. Willst du's sehen? Da waren echt viele Leute!".

Lachend nickte ich, während mir die Tränen wieder übers Gesicht liefen, unentschlossen, ob ich nun belustigt oder entsetzt sein sollte. Zwar war seine Begeisterung für Hunde auch vorher schon unübersehbar gewesen, aber zum ersten Mal wurde mir gerade das ganze Ausmaß klar: Mein Freund war ein Mops-Nerd! Und auch das hielt mich nicht davon ab, vollkommen verrückt nach ihm zu sein.

Wir verbrachten einen Großteil des Monats Mai miteinander und selbst wenn ich nicht jedes Mal bei ihm schlief, so versuchten wir doch mit der Gier der

Frischverliebten so viel vom anderen zu bekommen wie nur möglich war.

Es war eine Zeit, die erfüllt war von guten Gesprächen, Umarmungen und Berührungen, von Sehnsucht und dem Leid des Vermissens – eine Zeit, in der Minuten zu Stunden und Stunden zu Minuten werden konnten, eine Zeit mit ganz besonderen, eigenen Maßeinheiten, die sich aufteilten in getrennt und zusammen.

Doch vor allem hatten wir jede Menge Spaß: wir skateten zusammen und lachten herzhaft über unsere Missgeschicke, mutmaßten, wer von uns zuerst gegen eine der Straßenlaternen oder in einen übervollen Mülleimer fahren würde.

„Lass uns eine Mutprobe machen", schlug ich Juan eines Tages vor. „Wir suchen uns das Eiscafé mit den ungewöhnlichsten Eissorten in ganz Palma heraus und bestellen uns gegenseitig zwei Kugeln." Er lachte. „Abgemacht!", stimmte er zu.

Als der Tag gekommen war und wir den Laden betraten, wussten wir nicht, ob wir uns vor Lachen kringeln oder vor Ekel schütteln sollten. Schlussendlich verließen wir den Laden jedoch beide wie verabredet mit unseren zwei Eiskugeln: ich mit Petersilie und Ziegenkäse, Juan mit Cheeseburger und Parmesaneis. Manches schmeckte besser als erwartet, trotzdem schaffte es keiner von uns beiden, sein ganzes Eis zu essen und wir beschlossen, das Experiment zu wiederholen, dieses Mal aber unsere Lieblingssorten zu erraten; die von Juan, das wusste ich danach, waren Vanille und Stracciatella.

Dann kam der Tag, auf den ich seit Anfang Mai gewartet hatte – seit dem Tag, an dem ich erfahren hatte, dass mein Freund Mops-Treffen frönte und ich ihn darum gebeten hatte, mich beim nächsten Mal mitzunehmen. So ein Spektakel sollte man einmal im Leben mitgemacht haben, nahm ich mir damals vor. Es erschien mir zu lustig, um es mir entgehen zu lassen.

Gedacht, gesagt, gemacht: ich holte Juan und den kleinen Jack an einem schönen Sonntagmorgen mit dem Auto ab. Der Mops war quietschfidel und bereits von Juan herausgeputzt worden. Als stolzer Besitzer einer neongelben Hundeweste, die der Schriftzug „Jack" in Großbuchstaben zierte, gehörte es selbstredend zum Pflichtprogramm, das gute Stück an einem besonderen Tag wie diesem zu tragen.

Am Treffpunkt angekommen, wurden wir direkt vom Veranstalter in Empfang genommen, der alle herzlich mit Namen begrüßte – und alle ist in diesem Fall eine klare Untertreibung. Der Mann kannte nicht nur sämtliche Teilnehmer, sondern auch die dazugehörigen Möpse. So wurde die kleine Peggy ebenso geknuddelt wie der aufgedrehte Tommy oder auch Mr. Puppy, ein dickes, bequemes Kerlchen, dem man zur Feier des Tages eine Krawatte umgebunden hatte. Da wir leider mit einiger Verspätung erst angekommen waren, blieb uns nicht besonders viel Zeit, bis der Aufruf kam, sich für das Gruppenfoto zu positionieren. Juan, der chronisch immer die obligatorische, spanische halbe Stunde zu spät kam, schien das auch nicht weiter zu stören. Ich allerdings wunderte mich schon etwas, dass man bei einer einstündigen Veranstaltung nicht zumindest versucht war, zur vereinbarten Zeit zu erscheinen.

Während ein heilloses Durcheinander herrschte und die Hunde eingefangen wurden, stellte man sich nun also zum Foto auf. Die Möpse wurden in die Luft gehoben, auf den Arm genommen oder wahlweise auch in vorderster Reihe aufgestellt. Wichtig war, dass jedes Hündchen gut zur Geltung kam und – fast noch wichtiger – von seiner Schokoladenseite zu sehen war.

Danach folgten die Einzelfotos, bei denen sich jedes Pärchen, bestehend aus Hund und Mensch, zusammen ablichten ließ. Mit Schrecken stellte Juan kurz bevor er an der Reihe war fest, dass der kleine Jack sich in seinen Hundehaufen gesetzt hatte und sein Geschäft ihm nun überall am Popo klebte. So konnte er doch nicht aufs Foto! Hektisch um Schadensbegrenzung bemüht, wischte er seinem Hund mit einigen herumliegenden Blätter das unliebsame Malheur so gut es eben ging weg. Doch im Grunde genommen war es aussichtslos: Jack brauchte eine Badewanne. Das Foto ließ Juan sich trotzdem nicht nehmen und posierte – offensichtlich verschämt aufgrund des verschmutzten Hinterteils – mit Jack auf seinem Arm für die Kamera. Obwohl er peinlich darum bemüht war, nicht in Berührung mit Jacks Geschäft zu kommen, bekam auch er etwas davon ab und blickte unglücklich drein. „Sieht so aus, als ob ich dich zuhause vielleicht auch baden müsste", raunte ich Juan zu und sah wie seine schlechte Laune im Nu verflog.

Wir nahmen Jack an die Leine, den sein verdreckter Popo nicht im Mindesten zu stören schien. Fröhlich pinkelte er auf dem Weg zurück zum Auto an fünf Bäume und tollte vor uns den Weg entlang. Sechs Bäume. Ich verdrehte die Augen und hielt Juan die

Autotür auf, damit er Jack, der offenkundig noch keine Lust zu gehen hatte, ins Auto packen konnte. Zuhause gönnte ich ihm die versprochene Badewanne.

Trotz all der schönen Tage, die wir miteinander verbrachten, ließen sich manche Themen jedoch nicht in den Hintergrund drängen, wie etwa die Tatsache, dass Juan immer noch nicht verstehen konnte, warum ich mich im Oktober von ihm trennen wollte und würde. Es tat mir weh zu sehen, wie ihn das Thema quälte, doch ich konnte diese Last nicht von ihm nehmen. Selbst mich quälte meine eigene Entscheidung, trotz des Wissens, dass ich es so gewollt hatte, noch immer. Zu diesem Zeitpunkt schien es für mich das Undenkbarste, was wir tun konnten, uns schon in einem halben Jahr zu trennen.

„Was wirst du machen, wenn keiner von uns im Oktober diese Trennung will?", fragte er mich während eines dieser schier nicht enden wollenden Gespräche.

„Ich werde trotzdem mit dir Schluss machen, das weißt du doch. Meine Einstellung wird sich da nicht mehr ändern, egal wie oft wir noch darüber reden. Abgesehen davon habe ich ab November auch schon ein neues Projekt vorgesehen – dann lerne ich nämlich mallorquin." Mallorquin war die Sprache, die die

Mallorquiner hauptsächlich untereinander sprachen. Castellano, das Hochspanisch, sprach er nur für mich. Er sah mich erstaunt an, konnte sich schließlich jedoch trotzdem zu einem Lächeln durchringen. „Habe ich die richtige Vorstellung davon wie dieses Projekt aussehen wird? Es umfasst nicht zufällig sechs Monate und einen Mallorquiner oder?"

„Doch, rein zufällig tut es das", quittierte ich mit einem nicht ganz ernst gemeinten Grinsen.

„Du weißt, dass ich gebürtiger Mallorquiner bin und somit auch für dein nächstes Projekt der ideale Projektpartner? Es tut mir ja beinahe leid, dir das sagen zu müssen, aber ich war ohnehin schon überzeugt, dass du dich im Oktober nicht von mir trennen kannst, aber jetzt wirst du einfach einsehen müssen, dass ich der beste Lehrer bin, den du finden wirst und du mich nicht einfach gehen lassen kannst, weil es keinen adäquaten Ersatz für mich gibt."

Breit und süffisant grinste er mich an und ich hoffte, er würde Recht behalten.

Juni

Der letzte Monat war voll romantischer Zweisamkeit gewesen, voll von den intensiven Gefühlen der Verliebtheit, die wir miteinander teilten. Unsere Herzen schlugen schneller, die Welt drehte sich langsamer und unsere Blicke waren voller Frohsinn und Glück; aus uns sprudelte die Zufriedenheit und Zuversicht derer, die sich gerade in ein frisches Liebesglück stürzten, derer, die keinen Gedanken an den nächsten Tag verschwendeten. Wir hatten uns und nur das zählte.

Mit der Zeit, die verging – Zeit, in der wir uns näher kennenlernten und langsam so etwas wie ein Alltag einkehrte – lernte ich einiges über Juan und das Leben, das er führte; Dinge, die er gerne tat und was er verabscheute. Allmählich fand ich mich in seine ganz eigene Art zu leben ein; und in die der Spanier.

Juan und ich waren am Freitagabend verabredet. Kurz entschlossen hatte ich mich entschieden, ihn direkt am Carrefour – einer in Spanien verbreiteten Supermarktkette – zu treffen. Mir war danach, so viel Zeit wie nur möglich mit ihm zu verbringen und auch die Neugier trieb mich ein bisschen an. Wir würden gemeinsam einkaufen und was er aussuchen würde, interessierte mich. Schließlich sagen sowohl der Inhalt eines Kühlschranks als auch das Zuhause an sich deutlich etwas über dessen Besitzer aus.

„Hallo, Hübsche", grinste er mich an, als er über den Parkplatz auf mich zu geschlendert kam. „Hi." Ich grinste zurück. Juan hielt mir den Arm hin und ich hakte mich unter, gemeinsam machten wir uns auf den Weg zum Einkauf. Wir passierten gerade die Obstabteilung und ich sah Juans umherwandernden Blick.

„Was suchst du denn? Vielleicht kann ich dir helfen."

„Ich gucke, was ich brauche", antwortete er und verschwand in einem Gang zwischen Obstkonserven und Nutella-Gläsern. Die Sortierung spanischer Supermärkte leuchtete mir auch nach Jahren noch kein bisschen mehr ein als am Anfang. Als ich Juan darauf ansprach, konnte er das natürlich überhaupt nicht nachvollziehen. Wie auch, er war immerhin hier aufgewachsen und das Chaos gewöhnt. Deutsche Strukturiertheit und Ordnung würden mir hier wohl nie beggegnen.

„Na los, komm zu mir", hörte ich Juan aus dem nächsten Gang rufen. „Der Mais ist hier, du wolltest doch welchen haben, um diesen leckeren Salat zu machen, oder?"

„Ja, wir brauchen Mais", rief ich ihm zu und bog um die nächste Ecke in seinen Gang ein. „Wir" hatte ich gerade gesagt. Ich lächelte und in meinem Magen braute sich dieses altbekannte, flattrige Gefühl zusammen. Vor Freude hätte ich laut jubeln und durch die Gänge hüpfen können, aber trotz allem war ich immer noch eine seriöse Dame und kein pubertierendes Mädchen mehr. Auch wenn ich mich zugegebenermaßen in letzter Zeit des Öfteren so fühlte.

„Hast du gar keine Einkaufsliste?", frage ich Juan irgendwann, nachdem wir immer wieder durch die Gänge gelaufen waren und er wie zufällig hier und dort mal etwas aus dem Regal gegriffen hatte.

„Wozu denn?", erwiderte er. „Mir fällt schon ein, was ich brauche, wenn ich es sehe."

Ich brach in schallendes Gelächter aus, zog ihn an mich und küsste ihn stürmisch. Er war so ungewollt komisch und das erheiterte mich immer wieder. „Kein Einkaufszettel also", schloss ich. „Nun ja, auch gut. Lass uns weitermachen, schließlich habe ich heute Abend noch was mit dir vor." Er zog eine Augenbraue hoch und ein lüsterner Blick trat in seine Augen. Auch wenn das nicht meine eigentliche Intention gewesen war, so sagte dieser Blick doch alles: meine Pläne für den heutigen Abend waren so eben verfeinert worden.

Schon bald war unser gemeinsamer Freitagseinkauf zu einem festen Ritual geworden. Mir gaben Rituale sowieso schon immer etwas: ich glaube sehr daran, dass es gut tut, bestimmte Dinge immer miteinander zu teilen, einen prägnanten gemeinsamen Alltag zu haben und – der wichtigste Punkt – etwas zu haben, auf dass man sich immer freuen kann.

Mit der Zeit entwickelten wir immer mehr unsere eigenen Rituale: eine Nachricht morgens und abends und nach der Arbeit, um dem anderen zu zeigen, dass man an ihn denkt und ihn vermisst; dass er mir immer die schwarzen Handtücher rauslegte, wenn ich bei ihm schlief, denn das war nun mal mein Stil. Ich weiß gar nicht, seit wie vielen Jahren ich mich nur in schwarz kleide, und dass Jack, sobald ich kam, auf die Terrasse verbannt wurde. Den Geruch von stinkendem Hund konnte ich bei aller Liebe nicht andauernd ertragen. Zu meinem großen Leidwesen war dies jedoch kein Dauerzustand, so dass sich auch ein anderes Ritual bei uns einschlich: das Neubeziehen des Bettes. Denn leider hatte Juans Liebe zu seinem Hund nicht nur humorvolle, lustige Seiten, sondern auch die lästige Angewohnheit, den Hund in seinem Bett schlafen zu lassen, wenn ich nicht bei ihm war. An sich hätte ich darüber hinwegsehen können, wäre da nicht das Problem mit Jacks Fell gewesen – er hatte hellbraunes Fell, an manchen Stellen nahezu weiß – , welches überall wo er stand, bellte und saß, klebte. Und zwar wirklich klebte. Anfangs versuchte ich noch, die Hundehaare einzeln von meinen schwarzen Sachen zu entfernen, probierte es später sowohl mit einer Flusenbürste als auch mit dem Trockner, doch nichts half. Die einzige Lösung, die uns blieb, war also, jedes einzelne Mal, das ich bei ihm schlief, das Bett neu zu beziehen. Doch es machte mir nichts aus – es hatte sich zu einem schönen Ritual zwischen uns entwickelt. Es war das erste, was ich tat, nachdem ich bei ihm ankam: der Hund kam vor die Tür und das Bett wurde neu bezogen. Oft genug blieben wir danach auch direkt im Schlafzimmer und das frisch bezogene Bett wurde direkt eingeweiht.

Die Sonne versank gerade hinter den Bäumen, als Juan und ich einen Spaziergang mit Jack machten. Mein Freund war zutiefst beunruhigt, da sein Hund den ganzen Tag über ein merkwürdiges Verhalten gezeigt hatte: er hatte kaum gefressen, war entweder extrem aufgeregt oder beinahe apathisch gewesen und hatte viel geschlafen. Obwohl ich normalerweise kein großer Freund und Bewunderer dieses Tieres war, wand ich nichts dagegen ein, ihn mitzunehmen, ich wusste Juan wäre sonst die ganze Zeit besorgt und geistesabwesend gewesen. Wir schlenderten durch einen Park, Jack wurde munter und pinkelte an nahezu jeden einzelnen sich dort befindlichen Baum. Es entzog sich komplett meiner Vorstellungskraft, wie viel dieser kleine Hund pinkeln konnte.

Glücklicherweise sprach Juan mich in genau diesem Moment an und hielt mich von weiteren Mutmaßungen über das Urinierverhalten seines Hundes ab.

„Ist es in Ordnung für dich, wenn wir heute Abend zuhause bleiben? Ich möchte im Notfall für Jack da sein können." Sein Blick bat um Verständnis.

„Klar doch", sagte ich. „Lass uns Nachos kaufen und einen Film schauen."

Dankbar sah er mir nach, als ich in den nächstgelegenen Supermarkt ging, um alles Nötige für den bevorstehenden Abend zu besorgen, während er mit Jack Stöckchen holen spielte.

Mit einer Tüte voller Nachos und Schokolade kehrte ich schließlich kurz darauf zurück. Juan hatte sich mittlerweile auf einer Bank niedergelassen, der erschöpfte Jack hatte es sich zu seinen Füßen bequem gemacht. Schweigend setzte ich mich neben ihn und legte den Kopf an seine Schulter. Beinahe reglos saßen wir so noch eine ganze Weile da, sahen zu, wie die Schatten länger wurden und hingen unseren Gedanken nach.

„Soll ich uns schnell einen Salat machen, dann kannst du dich um Jack kümmern?", rief ich Juan aus der Küche zu.

„Oh, das ist eine sehr gute Idee, cielo." Seine Stimme klang freudig.

„Cielo", dachte ich. Was für ein schöner Kosename. Selbst mir, die normalerweise Kosenamen nicht viel abgewinnen kann, gefiel diese Bezeichnung. Sie war anders als die üblichen, verstaubten und über die Maßen benutzten Kosenamen – sie war das spanische Wort für Himmel. In meinem Bauch kribbelte das Glück und gut gelaunt machte ich mich ans Essenmachen.

Kurz nach mir kam auch Juan in die Küche und mit einem langen, liebevollen Blick sahen wir uns an, bevor er an die Spüle trat und den Wasserkocher befüllte.

„Was machst du?", fragte ich ihn.

„Jack geht es nicht gut und ich koche ihm einen Kamillentee, damit er sich beruhigt und besser schlafen kann." Er goss das Wasser in einen der zahlreichen Hundenäpfe und legte einen Teebeutel hinein. Ich verkniff mir jeglichen Kommentar, musste mir aber eingestehen, dass er damit eine neue Dimension erreicht hatte. Von Leuten, die ihren Hunden Jäckchen mit ihren Namen darauf anziehen, hatte ich zuvor schon gehört, aber er war der Erste, der seinem Hund einen Beruhigungstee kochte.

Nach dem Essen räumten wir das schmutzige Geschirr ab. In der Küche war mittlerweile ein richtiges Durcheinander entstanden und überall standen Teller, Schüsseln und Gläser herum. Ich fühlte mich nach wie vor behaglich in Juans Haushalt und begann die Spülmaschine einzuräumen.

Für mich war es eine Frage der Höflichkeit und der guten Manieren, im Haushalt mitzuhelfen, wenn man so viel Zeit wie ich bei jemand anderem zuhause verbringt. Ich wollte schließlich eine Bereicherung sein und keine Bürde. Also machte ich mich nützlich, räumte Tassen und Geschirr ein und wischte den Tisch, bis er blitzblank war. „Nun fängt der schönste Teil des Abends an", dachte ich mir, während ich die Schokolade aus der Tüte holte und mich neben Juan auf das Sofa kuschelte.

„Möchtest du auch einen Wein trinken, cielo?", rief Juan mir aus der Küche zu.

Er hatte es schon wieder gesagt. Das Wort trudelte in meinen Gedanken hin und her und vollführte Loopings in meinem Bauch.

„Ja, sehr gern", flüsterte ich ihm ins Ohr, als ich an ihn herantrat. Langsam drehte er sich zu mir um und gab mir einen langen Kuss auf den Mund. Ich war schon betrunken, ohne den Wein überhaupt gekostet zu haben. „Nimm den Wein mit ins Schlafzimmer", sagte ich und zog ihn noch näher an mich heran, während ich begann, rückwärts in Richtung der Tür zu taumeln. Kein besonders schlaues Vorhaben, denn um ein Haar hätte ich meinen Wein über den schlafenden Jack verschüttet, der ausnahmsweise neben der Küchentür vor sich hin schnarchte.

Seine Küsse wurden inniger und meine Berührungen wurden rauer und härter, während ich mich noch immer dicht an ihn drängte. Das Verlangen stand ihm in die Augen geschrieben.

„Cielo!", lachte er prustend, während ich ihn aufs Bett schubste und mich auf ihn stürzte...

Noch immer etwas erschöpft lagen wir auf dem Bett und ruhten uns aus; Juan kraulte abwesend Jacks Kopf und ich überflog meine verpassten Nachrichten. Plötzlich blieb ich jedoch an einer besonderen hängen. Was war denn heute nur los mit allen?

„Cielo, wie geht's dir? Hast du Lust demnächst mal was trinken zu gehen?", schrieb mir Xavier, einer meiner besten Freunde. Er hatte mir bei vielen sprachlichen Unstimmigkeiten und Fragen schon weitergeholfen und würde mir sicherlich auch diese Formulierung erklären können. Wieso gab er mir exakt denselben Kosenamen wie Juan nur einige Stunden zuvor?

Was vorher nur eine Ahnung, die mir sehr missfiel, gewesen war, entpuppte sich einige Minuten später also als sichere Gewissheit: Cielo war ein ganz gewöhnlicher spanischer Kosename wie auch Schatz oder Liebling, nichts daran war besonders oder hatte im Speziellen mit mir zu tun. Es war einer dieser Kosenamen, die ich bis aufs Blut nicht ausstehen konnte.

Ich entschied, das Thema direkt bei Juan anzusprechen, ihm klarzumachen, dass diese Art von Anrede für mich absolut unerträglich und indiskutabel war. Seine beinahe verschämte Reaktion hingegen erregte alles andere als mein Missfallen und seine Unsicherheit in Bezug auf mich weckte das starke Bedürfnis, ihn zu führen, wie ich das eben von mir kannte – ihm neue Sichtweisen zu eröffnen und einen stärkeren, selbstbewussteren Menschen aus ihm zu formen.

Ich hatte meine Position klargemacht, er hatte sie verstanden und somit war es an der Zeit, diesen Namen endgültig der Vergangenheit angedeihen zu lassen. Er saß auf der Bettkante, blickte zu mir auf und hatte noch immer diesen leicht eingeschüchterten Ausdruck in den Augen, der sofort mein Verlangen weckte, mich erneut über ihn herzumachen.

Später, als wir einander in den Armen in seinem Bett lagen und den Gedanken an das Vorrangegangene nachhingen, lehnte er sich auf einmal zu mir herüber und flüsterte in mein Ohr: „Eres mía" – du bist meins.

Ich wandte ihm den Blick zu, sah ihm fest in die Augen und entgegnete: „Eres mío" und gab ihm damit zu verstehen, dass er ebenfalls mir gehörte.

Juli

Ich kletterte auf den Felsen herum, während ich nach einer geeigneten Stelle suchte, um ins Wasser zu gehen. Nach einigen Erörterungen und mehreren Rückfragen hatte Juan sich bei unserem letzten Treffen dazu durchgerungen, sich eine neue Schnorchelmaske zu kaufen. Einmal hatte ich ihm vorgeschlagen, gemeinsam tauchen zu gehen, da ihn aber die Vorstellung von Millionen von Litern Wasser über ihm so dermaßen in Panik versetzte, war für ihn an Tauchen überhaupt nicht zu denken, was schade war, denn das Tauchen ist wohl eine meiner größten Leidenschaften neben den Männern. Überraschend positiv hatte er dagegen auf meine Überlegung, gemeinsam zu schnorcheln, reagiert. Da er Probleme damit hatte, durch seinen Mund zu atmen, hatten wir ihm also nun eine moderne Schnorchelmaske gekauft, die den ganzen Kopf umschloss und somit das Atmen durch die Nase ermöglichte. Erfahrungen mit solch einem Gerät hatte allerdings keiner von uns vorzuweisen.

Ich kehrte zu Juan zurück, nachdem ich in einer kleinen Einbuchtung eine Abstiegshilfe ausfindig gemacht hatte. Wir waren bereits fertig bekleidet: ich mit Bikini und er in einer ebenfalls neuen Badehose. Mit der Zeit hatte ich bemerkt, dass es eine seiner Macken war, direkt Feuer und Flamme für etwas sein zu können, was er nicht lange durchhalten würde. Aber er glaubte fest daran und konnte sich selbstverständlich auch meiner Unterstützung sicher sein.

Wir stiegen die schmale Leiter hinab ins mittlerweile angenehm warme Mittelmeer, zogen unsere Flossen an und setzten die Masken auf. Entspannt ließ ich den Kopf ins Wasser sinken und holte tief Luft – schon seit ich das erste Mal die Unterwasserwelt erblickt hatte, fesselte, faszinierte und betörte sie mich; ein Grund dafür, warum ich so exzessiv tauchte. Und ich fühlte mich frei, verlor mich in der unendlichen Schwerelosigkeit und Weite der Meere.

Am Rande meines Sichtfeldes tauchte Juan neben mir auf und formte mit seinen Fingern das Zeichen für OK. Gemeinsam schwammen wir los und entdeckten zusammen die Schönheit der Unterwasserwelt. Wir gerieten in einen Schwarm kleiner Fische, sahen einen Barsch und mehrere Seeigel, zuletzt sogar eine Muräne, während das Klicken der Krebse die Musik des Meeres in unsere Ohren spielte.

Zufrieden und noch immer nass machten wir uns auf den Rückweg, die Flossen in der einen Hand, Maske und Schnorchel in der anderen. Wir trockneten uns notdürftig ab und fuhren auf dem schnellsten Weg nach Hause, wo wir gemeinsam unter die Dusche gingen.

„Das war ein unglaubliches Erlebnis. Ich hatte schon vergessen, wie schön es Unterwasser ist", bedankte Juan sich noch während wir duschten.

• • •

Meine nächste Woche war voller Arbeit. Auf der Tauchbasis war Hochsaison und ich steckte meist den ganzen Tag im Meer und atmete aus meinem Regler. Es kam mir vor, als bestehe mein Leben nur noch aus Neoprenanzügen, Flossen, gerissenen Maskenbändern und Bleitaschen. Wir hatten einige Tauchgruppen da, so dass ich früh morgens aufstand und wenn ich am späten Nachmittag zurückkam, war mein Kopf voller Stickstoff, der mein Denken vernebelte. Juan hatte es während dieser Tage nicht besonders leicht mit mir, ich schlief viel und war oftmals kaum in der Lage, mich auf unsere Gespräche zu konzentrieren. Trotzdem spendete mir seine Nähe ein Gefühl der Ruhe und des Wohlbehagens, das ich besonders in dieser anstrengenden Zeit sehr schätzte und genoss.

Kopfschüttelnd sah ich auf die Spülmaschine hinab, als ich feststellte, dass sie seit meinem letzten

Besuch offensichtlich noch nicht ausgeräumt worden war. Wir hatten gerade zusammen gefrühstückt, später würde ich nach Palma fahren, um noch ein paar Besorgungen zu machen. Ich brauchte dringend neue Schuhe. Liebenswerterweise hatte Juan sich angeboten, mich zu begleiten, doch solche Dinge machte ich von jeher lieber mit mir selbst aus.

„Der Mann führte das reinste Junggesellenleben." Ich seufzte. Schlimmer als das war jedoch seine planlose Art, mit der ich mich, trotz der vielen Zeit, die wir mittlerweile miteinander verbracht hatten, immer noch erst halbherzig arrangieren konnte. Doch so war es eben mit ihm: er war Spanier mit Leib und Seele und eine gewisse Konformität mit abgesprochenen Uhrzeiten und Plänen konnte man sich da schließlich einfach nicht leisten.

„Bist du dir wirklich sicher, dass du alles hast?"

Die Antwort aus seinem Schlafzimmer kam voller Inbrunst. „Klar, ich hab alles da."

„Super, gibst du mir noch einen Kuss, ich muss los, sonst komme ich zu spät. Heute Nachmittag ist kurzfristig noch ein Tauchgang angesetzt worden, das heißt ich habe noch Arbeit."

„Arbeit", sagte er und zwinkerte mir zu. Ich wusste, dass er meine Arbeit nicht als richtige Arbeit ansah, da sie mir dafür zu viel Spaß machte. Für ihn lautete die korrekte Bezeichnung Hobby. Dieses Thema führte bei uns des Öfteren zu Kontroversen: während ich frei und unkonventionell war und die Meinung vertrat, jeder solle tun, was ihn glücklich mache, glaubte er noch traditionell an „echte", harte Arbeit. Alles, was gleichzeitig Spaß machte und das Leben mit Sinn füllte, passte für ihn nicht in dieses Schema.

...

Ein letztes Mal prüfte ich, ob alles bereit war: in meinem Kofferraum befanden sich ein Zelt, ein Kissen und zwei Schlafsäcke sowie mein Rucksack, in den ich einige grundlegende Sachen wie etwa einen warmen Schlafanzug und dicke Socken gepackt hatte. Nachdem ich mich versichert hatte, nichts vergessen zu haben, fuhr ich los, um Juan abzuholen.

„Wie du hast noch gar nicht gepackt? Ich dachte, wir wollen jetzt los." Der Spanier und seine Unfähigkeit, sich an Pläne zu halten.

„Warte, hier ganz unten im Schrank habe ich noch dicke Decken. Und die Luftmatratzen suche ich gleich." Ich verdrehte die Augen.

„Hier ist ja auch mein Schlafanzug. Hm, den hätte ich vielleicht mal vorher waschen sollen."

„Ich hab dich doch letzte Woche sogar noch darin erinnert, alles vorzubereiten."

„Ich bin ja auch schon fertig", entgegnete er selbstsicher. „Ging doch schnell, da muss ich mich nicht Tage vorher schon mit abmühen." Ich ließ ihm seinen Willen, lauschte seinem Geplapper über die Unbrauchbarkeit von Plänen nur so viel wie nötig und ging voraus zum Auto. Juan folgte mir mit Sack und Pack.

Unser Ausflug begann und voller Vorfreude fuhren wir auf die Autobahn. Sein Ende fand unser Weg an der Nordküste Mallorcas, am sogenannten Rocky Beach, einem wunderschönen Strand mit zerklüfteten Sandsteinfelsen. Die Sicht auf das Mittelmeer und die sich an den Klippen brechenden Wellen war atemberaubend. Ehrfürchtig standen wir Seite an Seite auf dem Sand und betrachteten den Himmel, den die untergehende Sonne in ein schimmerndes Spektrum aus Rot und Orange eintauchte. Gischt spritzte, als eine besonders hohe Welle auf uns zurollte und die frische Meeresluft spielte mit meinem Haar, während sich glühend am Himmel die Sonne verabschiedete.

Heute Nacht würden wir hier zelten und in Juans Geburtstag hineinfeiern.

Doch erst einmal waren wir zur Eile angehalten. Unser Zelt als auch unser Schlafplatz sollten fertig sein, bevor die Sonne untergehen und das letzte Licht des Tages mit sich nehmen würde.

Gemeinsam spannten wir die Zeltplane und befüllten Sandsäckchen, um das Zelt am Boden zu befestigen. Es war anstrengend, denn trotz der späteren Stunde war es schwül und die Hitze hatte die Insel mittlerweile fest in ihrem Griff, so dass wir alsbald zu schwitzen begannen. Während Juan sich um die Luftmatratzen kümmerte, zog ich rasch meine Schuhe aus und genoss das Gefühl von Sand zwischen den Zehen. Danach half ich ihm das Zelt einzuräumen, die Decken und Schlafsäcke auszubreiten und eine Taschenlampe zu befestigen, damit sie uns in der Nacht Licht spenden würde.

Es war dunkel geworden, Juan und ich hatten uns mit Kerzen im Sand niedergelassen, doch die Natur besaß ihre ganz eigenen Tücken: der Wind und die Gischt löschten unsere Kerzenflammen und die Dunkelheit brachte ungebetene Gäste mit sich – Mücken. Wir entschieden uns, den Rest des Abends im Schutz unseres Zeltes zu verbringen, als uns beiden Arme,

Beine und unserem Gefühl nach zu urteilen auch sämtliche andere Körperteile juckten.

Schon kurze Zeit nachdem wir es uns im Zelt gemütlich gemacht hatten, standen wir vor einem ganz anderen Problem. Juans Nase lief und er bekam kaum Luft, seine Augen tränten und er musste andauernd niesen: seine Milbenallergie.

Trotz der Tatsache, dass diese ganze Situation vermeidbar gewesen wäre, wenn er sich einfach früher um seine Sachen gekümmert und sie gewaschen hätte, versuchte ich, ihm keine Vorwürfe zu machen. Sie nützten in der Situation sowieso nicht mehr, würden aber trotzdem den Rest unseres Abends ruinieren.

Entschlossen den Ausflug zu genießen, machten wir das Beste aus dem, was wir hatten – durch den Netzstoff des Zelts ließen wir gerade genug Luft herein, ohne dass die lästigen Biester, die nach unserem Blut gierten, Zutritt hatten, Juan schnaubte Taschentuch um Taschentuch voll und auf den ungleichen Luftmatratzen machten wir es uns so bequem wie möglich. Aneinander gekuschelt lauschten wir dem Wellengang und der Stille der Natur und wisperten Worte, so zart, dass der Wind sie verwehte. Es war eine schöne Nacht, voller Intimität und dem Hauch eines Abenteuers.

„Alles Gute zum Geburtstag", flüsterte ich ihm zu und umarmte ihn fest, als mein Handy Mitternacht anzeigte.

„Bekomme ich einen Geburtstagskuss?", fragte Juan mit schelmischem Blick und zog mich während der Frage schon an sich, um seine Lippen auf meine zu legen.

„Ich muss doch aufpassen, dass mir heute Nacht niemand meine mía klaut", erklärte er und schlang sein Bein noch enger um mich. Zwar war es zu warm, um eng beieinander zu schlafen, doch darauf schien er tatsächlich nicht verzichten zu wollen. Und irgendwie berührte es mich tief in meinem Inneren, dass er mich so beschützen wollte und meine Liebe strömte ihm nur so zu. Und obwohl ich normalerweise überhaupt kein Besitzdenken schätze, gefiel es mir, mich als „seins" bezeichnet zu hören.

„Te quiero", sagte ich ihm – *ich liebe dich*. „Ich dich auch", murmelte er zurück und wir beide sanken in einen unruhigen Schlaf, aus dem uns früh am Morgen die ersten Sonnenstrahlen wachkitzelten.

• • •

Die Hitze machte uns träge, oftmals trafen wir uns abends, gingen zu unserem Lieblingsjapaner, dem wir noch immer regelmäßig treu waren oder ließen uns in einer Bar von der Lebendigkeit des Weins berauschen. Wir genossen unsere Zweisamkeit und die gemeinsamen Stunden, die wir voller Lust und Zärtlichkeit miteinander verbrachten, die lauen Sommerabende, während derer wir unter Palmen und dem Sternendach zu leben schienen und kaum etwas anderes brauchten als uns. Bis hier war es die perfekte Sommerliebe gewesen, getränkt von Sand, der in den Schuhen steckte und die Fußsohlen kitzelte, von der Meeresbrise und dem schummrigen Schein einzelner Kerzen. Die Tage zogen vorbei wie im Flug, während wir die immer gleichen Dinge taten und der Alltagstrott sich unbemerkt einschlich, um mit länger werdenden, grauen Schatten nach dem Licht des Sommers zu greifen.

August

Meine Gedanken passten sich dem schaukelnden Rhythmus der Hängematte an, während ich krampfhaft versuchte, mich zu entspannen. Hin zu der Zeit, die wir miteinander erlebt hatten und wieder zurück zu der Zeit, die uns noch bleiben würde. Immer hin und her. Unsere Beziehung hatte ihren Zenit erreicht, der Höhepunkt war überschritten und wir steuerten unaufhörlich dem Ende entgegen. Mit jedem weiteren Tag, jeder weiteren Nacht. Genau 25 Nächte blieben uns noch, am heutigen Abend stand uns die 26. Nacht bevor. An diesem so entscheidenden Punkt erlaubte ich mir, in den Erinnerungen an die letzten drei Monate zu schwelgen, sie zu genießen und in mein Gedächtnis einzubrennen – die Zeit, so unvergesslich wie sie gewesen war, in meinem Inneren zu archivieren.

Ich erinnerte mich oft an diese Zeit zurück im August, öfter als mir lieb gewesen war und zu meinem Leidwesen auch nicht ohne Grund. Drei Monate hatten Juan und ich nun bereits miteinander verbracht und die Auswirkungen waren spürbar: der glanzvolle Schimmer, den die rosarote Brille der Verliebtheit auf meine Welt gezaubert hatte, verblasste zusehends. Zurück blieb nur der triste Alltag: Tauchen, mehr tauchen und meine täglichen Spanischlektionen. Juan und ich entfremdeten uns mehr und mehr in Unstimmigkeiten, während auch uns die Realität grausam wieder auf den Boden der Tatsachen zurückholte: all das, was wir in den vergangenen Monaten hingenommen hatten, was uns am anderen nicht gestört hatte trotz all unserer Unterschiedlichkeit, begann uns nun Stück für Stück einzuholen. Die ständigen Diskussionen und Meinungsverschiedenheiten zerrten an meinen Nerven und all die kleinen, liebevollen Gesten und Worte, die am Anfang so selbstverständlich von ihm gekommen waren, verschwanden mehr und mehr. Es war nicht mehr wie zuvor; er sagte mir nicht mehr, dass er mich vermisste oder wie sehr er mich liebte, er freute sich nicht mehr mit derselben Inbrunst auf mich und ich fühlte mich nicht mehr so wertgeschätzt wie anfangs – ganz im Gegenteil: mittlerweile gab mir seine Zurückhaltung zuweilen sogar eher ein Gefühl von Minderwertigkeit und Unzulänglichkeit.

...

Der Küchentresen glänzte bereits, solange schrubbte ich schon. Juan und ich waren gerade mit dem Essen fertig geworden und hatten uns wie üblich daran gemacht, die Küche aufzuräumen. Als ich das schmutzige Geschirr in die Spülmaschine räumen wollte und wie so oft feststellte, dass er sie seit meinem letzten Besuch nicht angerührt hatte, beschloss ich, diese Aufgabe ihm zuteilwerden zu lassen und widmete mich stattdessen dem Küchentresen.

Ich hörte, wie die Kühlschranktür sich öffnete und Juan erschien mit einem Eis neben mir. Warum fragte er mich nicht, ob ich auch eines wollte? Schon war ich wieder angefressen, eine Stimmung, die momentan des Öfteren zwischen uns herrschte. Zwar versuchten wir krampfhaft, den ungezwungenen, glücklichen Schein aufrecht zu erhalten, doch selbst wir merkten, dass unsere Zweisamkeit merklich abkühlte.

Kurz darauf setzten wir uns nebeneinander aufs Sofa, es war ein wenig ungemütlich und Jack, der aufgeregt zwischen uns herum trudelte, störte mich. Irgendwie war ich einfach genervt von allem und nichts schien mich mehr so mit Glück zu erfüllen wie noch in den vorangegangenen Monaten. Unruhig rutschte ich hin und her, nahm mir ein Kissen und fand trotzdem keine bequeme Position, die mir behagte. Juan schien davon jedoch keine Notiz zu nehmen, er hatte wie so oft nur Augen für seinen kleinen Hund.

„Ist irgendwas?", fragte er, während er den Arm um mich legte. Ich schüttelte ihn ab, denn ich ertrug seine Nähe gerade nicht und konnte mich trotz der Unsinnigkeit meines Verhaltens nicht dazu aufraffen, es zu ändern. Verhalten wisperte ich ein leises „Nein, warum?" und merkte sogar selbst wie unglaubwürdig das klang. Er jedoch kaufte mir das ab – ich hatte es beinahe vergessen: er war immerhin der Mann, der im Internet die Bedeutung dessen, was Frauen mit ihren Aussagen wirklich meinten, googelte. Wie klischeehaft für einen Informatiker! Ich schielte zu ihm herüber und sah, dass er tatsächlich sein Handy gezückt hatte. Schweigsam verharrte ich und kehrte mich meinem Inneren zu. Nachdem weitere Minuten so verstrichen waren, legte Juan schließlich sein Handy zur Seite, sah mich an und fragte erneut, was los war. Unschlüssig, ob ich einen Tobsuchtsanfall bekommen oder alles herunterspielen sollte, blieb meine Antwort mir in der Kehle stecken und stattdessen stahlen sich Tränen in meine Augen und flossen meine Wangen herab. Ich weinte. Hemmungslos und schluchzend, während sich der Knoten in meinem Inneren langsam löste und das schlechte Gefühl nach und nach von mir abfiel.

„Was ist denn passiert?" Entsetzt blickte Juan mich an. „Was ist mit dir?"

Ich schniefte, zog die Nase hoch und versuchte, ihm eine Erklärung zu liefern, die nicht den Anschein erweckte, ich sei geisteskrank oder chronisch anhänglich und auf der Suche nach Aufmerksamkeit. Doch mir fehlten die Worte, um ihm klarzumachen, dass selbst ich mein Verhalten irrational fand aber dieses schlechte Gefühl in mir trotzdem da war und ich es nicht niederkämpfen konnte, egal wie viel Mühe ich mir auch gab.

„Ich... ich fühle mich so schlecht", setzte ich an, wohlwissend dass es eine mehr als unzulängliche Erklärung war. „Warum fragst du nicht, ob ich auch ein Eis möchte, wenn du dir eins nimmst? Oder warum ziehst du nicht von selbst das Sofa aus, wenn du weißt, dass ich es so unbequem finde? Ich muss dich immer um alles bitten und das möchte ich nicht."

„Aber du hättest mir doch einfach sagen können, was du möchtest". Verzweifelt und auch eine Spur verständnislos sah er mich an. Natürlich war mir klar, dass er Recht hatte, aber auch was ich sagte, war eindeutig nicht unwahr. „Ich ziehe jetzt das Sofa aus und danach hole ich dir ein Eis, ok? Aber hör bitte auf zu weinen", sagte er, während er mich an sich zog.

Nur allzu deutlich war mir bewusst, dass er bloß die besten Absichten hatte. Doch im selben Moment war mir ebenso klar, dass damit der Anfang vom Ende begonnen hatte und unsere Probleme mit diesem Verhalten nicht besser werden würden. Ein echtes, männliches Verhalten, wie es hier vonnöten gewesen wäre, hätte mich zurück in meine Schranken verwiesen – ein Verhalten, das gezeigt hätte, dass dieser Mann ein wahres Alphatier ist, das keine weiblichen Zickereien toleriert und sich schon gar nicht davon beeinflussen lässt. Auf meinen Unmut einzugehen und ihn anzuerkennen brachte uns eine ganze Menge neuer Probleme ein – einschließlich schlechterem Sex. Ich kannte das bereits von mir: sobald ein Mann sich nicht klar durchzusetzen vermochte, verschwand meine Lust auf ihn, ohne dass ich in der Lage war, etwas dagegen zu tun. Es war eine rein instinktive, unterbewusste Reaktion.

Es folgte die erste Nacht, in der wir keinen Sex hatten, nach einer ganzen Reihe von Nächten, in denen es immer schien, als könnten wir nicht genug voneinander bekommen. Das Gefühl war ernüchternd und obwohl mir mein Bauchgefühl bereits etwas anderes sagte, hoffte ich, dass es nur eine Phase sein würde, die schnell vorüberging.

Dem war jedoch nicht so. Auf die vorangegangenen, unwichtigen Dispute folgten weitere, die Situation fuhr sich immer mehr fest. Die immer gleichen Anschuldigungen meinerseits lösten immer genervtere Reaktionen auf seiner Seite aus. Das Gefühl, nicht mehr gewollt und wertgeschätzt zu sein, verstärkte sich, als ich immer größere Ablehnung durch ihn erfuhr. Ich spielte mit dem Gedanken, das Projekt zu beenden, fühlte, dass wir beide im Grunde unseres Herzens eigentlich nicht zusammenpassten, hielt mich aber jedes Mal, wenn ich kurz davor stand, alles was bislang erreicht war hinzuwerfen, zurück. Immer wieder erinnerte ich mich selbst daran, dass dies das Bestreben meines ganzen Projektes gewesen war: zu sehen, wie sich eine Beziehung entwickelt, wenn man sie konsequent im Voraus auf ein halbes Jahr datiert. Solch eine Entwicklung hatte ich mir jedoch nicht erträumen lassen – am Anfang unserer Beziehung hatten Juan und ich uns beide wieder und wieder dieselbe Frage gestellt: was würde passieren, wenn keiner von uns im Oktober diese Beziehung würde beenden wollen? Wie sollten wir reagieren? Darüber nachgedacht, was geschehen würde, wenn keiner von uns diese Beziehung bis Oktober durchhalten würde, hatten wir nicht ein einziges Mal. Keinen Gedanken überhaupt daran verschwendet, ob so etwas im Bereich des Möglichen lag.

An diesem Punkt – was uns miteinander verband, war nur noch ein Schatten dessen, was einmal gewesen war, mehr existent in meiner Erinnerung als in der Realität – lernte ich Miguel kennen.

Miguel sah aus wie Juan: sein Haar war blond und kurz, er war klein und seine Augen hatten die Farbe des Meeres. Bei ihm fand ich die Wärme und die Herzlichkeit früherer Tage mit Juan wieder – er machte mir Komplimente, schenkte mir die wenige Zeit, die er in der touristischen Hochsaison als Koch erübrigen konnte und gab mir das Gefühl, rundum gewollt zu sein. Er war Künstler, spielte Klavier und erschien mir wie eine Neuauflage von Juan, ja fast wie eine verbesserte Form. Noch geschah nichts zwischen uns, aber ich dachte viel an ihn und schloss ihn bald in mein Herz.

Von Anfang an hatte ich Juan immer wieder beteuert, dass genau dieser Tag kommen würde: der Tag, da ein neuer Mann kommen und mein Herz im Sturm erobern würde. Jemand, der mir aufs Neue bestätigte, wie verliebt ich ins Verliebtsein war. Ohne Zweifel würde auch dieser Mann vermutlich auf Dauer nicht an meiner Seite bleiben, aber er würde ein Stück des Weges mit mir gehen und für die Erfahrungen, die wir gemeinsam teilten, würde ich ihm dankbar sein.

Jede neue Liebe lehrte einen immer eine neue Lebensweisheit, erweiterte die eigene Sichtweise um ein Dutzend neuer, kleiner Mikrokosmen.

Trotzdem stellte ich mir die Frage, ob und wie ich Juan davon erzählen sollte. Persönlich empfand ich nichts beschämender als Unaufrichtigkeit, entschied jedoch, dass ich zum jetzigen Zeitpunkt noch nicht unaufrichtig sein würde. Schließlich war nichts passiert und niemals in unserer Beziehung hatte ich ihm vorgemacht, dass es anders kommen würde, dass ich niemals einen anderen Mann neben ihm an meiner Seite haben würde. Genau dieses Szenario hatte ich ihm in unseren ersten gemeinsamen Wochen immer wieder vorgekaut, doch er hatte nichts davon hören wollen. Und ich wusste, dass die Wahrheit ihn trotz allem schmerzen würde.

Gegenwärtig hatten wir genug drängendere Probleme, die wir zuerst zu überstehen hatten.

# September

„Ich vermisse dich, mío." In freudiger Erwartung auf unser Treffen heute Abend tippte ich Juan nach meinem letzten Tauchgang diese Nachricht und schickte nach dem Abschicken noch schnell einen Kussmund hinterher.

Ich freute mich tatsächlich heute sehr auf ihn, was in letzter Zeit nicht unbedingt selbstverständlich gewesen war. Zu oft waren wir uns auf die Nerven gegangen und ich hatte mich emotional in andere Bekanntschaften geflüchtet. Ich lernte gern neue Leute kennen, besonders wenn es mich von meinen anderen Problemen abzulenken vermochte.

Heute jedoch wollte ich bei ihm sein, mit ihm im Kino aus derselben Popcorntüte essen und in seinen Armen einschlafen.

„Um halb acht vor dem Kino?", kam seine Antwort zurück.

Zur verabredeten Zeit war von Juan selbstverständlich noch nichts zu sehen. Nach waschechter Spaniermanier kam er zu spät und ich entschied mich, während ich auf ihn wartete, schon einmal die Karten zu besorgen. Allerdings erwartete mich am Kartenschalter eine andere, nicht minder spannende Begegnung: Pedro, der Mann meines allerersten spanischen Beziehungsversuches. Er stellte seine übliche, eher distanzierte Miene zur Schau und trug – ebenfalls typisch für ihn – Jeans und Hemd. Unser Wiedersehen war nicht allzu herzlich, die Spannung unserer letzten Treffen war jedoch auch verflogen und ich nahm keinen Groll zwischen uns wahr. Während wir warteten, sprachen wir über die Ereignisse, die zu unserer Trennung einige Monate zuvor geführt hatten und ich gewann erstaunliche Einblicke: Pedro hatte durch einen Arbeitskollegen, einen Freund Juans, erfahren, was an unserem ersten Abend zwischen Juan und mir passiert war. Einem Abend, an dem er mich treffen wollte und ich ihn vertröstet hatte. Später zu erfahren, was seine Freundin, ohne sein Wissen getan hatte und zu bemerken, dass selbst die Arbeitskollegen schon informiert gewesen waren, wurde ihm dann schließlich doch zu viel. Und dafür hatte ich vollstes Verständnis. Eine Stimme in meinem Hinterkopf merkte jedoch trotzdem an, wie es denn sein konnte, dass dieser Freund Juans bereits am nächsten Morgen jegliche Details dessen, was passiert war, kannte und fragte gleichzeitig, was dieser Mann in der Zwischenzeit wohl noch alles erfahren hatte. Ich entschuldigte mich aufrichtig bei Pedro für die Ereignisse und versicherte ihm, dass es niemals meine Absicht gewesen war, ihn derart bloßzustellen.

Während ich mit gesenktem Blick und noch vollkommen in Gedanken durch die Tür des Kinos heraustrat, in der einen Hand mein Handy, auf dem ich gerade eine Nachricht an Juan eintippte, und in der anderen unsere Kinokarten, lief ich auf einmal frontal mit jemandem zusammen, der mir, ohne dass ich ihn vorher wahrgenommen hatte, plötzlich in den Weg getreten war.

„Hallo", sagte er mit einem Lächeln. Ich antwortete darauf wie stets ebenfalls mit einem koketten „hallo" meinerseits. Wir mussten beide lächeln. „Ich habe dich vermisst", sagte ich in einem Anflug von Sentimentalität und drückte ihn an mich.

„Weißt du, manchmal habe ich das Gefühl, du liebst mich mehr als dir gut tut. Du solltest mich nicht ständig vermissen, wenn du dich schlecht damit fühlst. "

Ich verdrehte die Augen. „Na gut", dachte ich. „Dann werde ich dir eben nicht mehr zeigen, was ich für dich empfinde." Die ständige Unzufriedenheit über meine Gefühlsäußerungen, die er an den Tag legte, nervte mich ebenso wie dass kaum je etwas von ihm zurückkam. Das Thema hatte in der letzten Woche genug unserer Zeit in Anspruch genommen.

„Du weißt, dass unser Streit noch nicht beigelegt ist, oder?" Ich grinste ihn an. „Bei mir endet Streit ganz offiziell immer erst dann, wenn man Sex miteinander hatte. Dann erst ist man auch tatsächlich wieder vollkommen miteinander im Reinen."

Er grinste breit zurück, sagte aber nichts weiter dazu, ergriff jedoch meine Hand.

„Lass uns reingehen, der Film beginnt gleich." Er zog mich mit sich. Schon kurze Zeit später machten wir es uns – mit einer Tüte Popcorn in unserer Mitte – in den Kinosesseln gemütlich. Das Licht wurde gedimmt und die Vorstellung fing an. Während die Werbung gezeigt wurde, kamen die letzten Zuschauer in den Saal. Selbstverständlich war es auch hier kein Problem zu spät zu kommen, ebenso wie es vollkommen unproblematisch war, dass sich nicht einer der Verspäteten ruhig und möglichst unauffällig verhielt.

Juan und ich fassten gleichzeitig nach dem Popcorn und beinahe stießen wir dabei die Tüte herunter. Kichernd fing ich sie auf und er beugte sich zu mir herüber, gab mir einen Kuss, nahm meine Hand in seine und zog mich näher an sich. Ich lehnte meinen Kopf an seine Schulter und genoss den Film, den Abend mit ihm und seine Nähe.

Zuhause angekommen machte ich meine Ankündigung wahr. Beinahe noch während wir über die Türschwelle gingen, begann ich, ihn zu provozieren. Er reagierte darauf in ähnlicher Weise, zog mich an sich, küsste mich leidenschaftlich und begann unverzüglich zu fluchen, als ich ihn in die Lippe biss. Zwischen uns entwickelte sich ein richtiges Gefecht, wir fingen an, uns zu beleidigen, uns all das gegenseitig an den Kopf zu werfen, was uns an dem anderen auf die Nerven ging und was wir seit Tagen oder gar schon Wochen nicht richtig rausgelassen hatten. Noch währenddessen fingen wir an, miteinander zu schlafen, leidenschaftlich, mit einer Innigkeit und zugleich einer Grobheit, wie sie nur Leuten inne war, die tatsächlich noch nicht im Reinen miteinander waren. Wir fielen übereinander her, wieder und wieder, bis wir endlich erschöpft und jenseits jeden Grolls nebeneinander, Arm in Arm auf dem Boden lagen und uns aneinanderkuschelten.

„Jetzt sind wir wahrhaftig versöhnt", brummte ich ihm mit einem wohligen Lächeln zu und legte den Kopf an seine Brust. „Lass uns schlafen gehen."

„Ja, Jack, komm her zu Papi!" Juan rief nach seinem Hund, während ich mich an den Küchentisch setzte.

Juan tätschelte seinem Hund, der genüsslich anfing zu sabbern, den Kopf und holte ein großes Stück Hähnchen aus dem Kühlschrank. Gerade als ich etwas darüber sagen wollte, wie abartig Hähnchen zum Frühstück sei, begriff ich, was er damit vorhatte und wusste nicht so recht, ob ich das nun als die bessere oder noch schlimmere Variante dessen empfand, das Hähnchen selbst zum Frühstück zu verspeisen.

Mit einem lauten Platsch landete das Hähnchen auf dem Boden und der Hund begann sogleich, sich schwanzwedelnd darüber herzumachen.

Ich setze an, etwas zu sagen, wurde jedoch von den lauten Schmatzgeräuschen Jacks übertönt. Ich unternahm einen weiteren Versuch, doch dieses Mal kam mir Juan in die Quere.

„Komm wir müssen los. Ich komme schon wieder zu spät zur Arbeit."

. . .

„Was hast du gemacht in den letzten Tagen?" Wir machten gerade einen Spaziergang und Juan blickte neugierig zu mir herüber. „Ach, naja ich bin viel getaucht, hab meine Spanischstunden in meinem Onlinekurs abgearbeitet und habe mit einer Freundin gekocht. Und du?" Den gestrigen Abend thematisierte ich absichtlich nicht. Noch immer erfüllte die Erinnerung daran mich mit Unglauben: Miguel und ich waren in einem neuen Sushi-Restaurant im Ausgehviertel Palmas gewesen; der Abend verlief gut und ich hatte nicht einen Gedanken an Juan verschwendet, bis dieser mir urplötzlich seinen Standort schickte. Er war genau drei Häuser weiter bei einem Italiener und war gerade eben an unserem Restaurant vorbeigekommen. Obgleich ich nichts Verbotenes getan hatte, dankte ich dem Schicksal, dass alle Fensterplätze belegt gewesen waren, als wir ankamen. So saßen wir in einem Separee, das von der Straße aus uneinsehbar gewesen war.

Er erzählte mir von seiner Arbeit, dem Feierabendbier mit seinen Kumpels und... dem Date, das er am vorangegangen Abend gehabt hatte. Ich starrte ihn ungläubig an. Natürlich lag es nicht im Entferntesten im Bereich meiner Möglichkeiten, mein Missfallen darüber auszudrücken, zudem er sich auch noch als ausgesprochen ehrlich erwies, doch nie hätte ich mir träumen lassen, dass er an einer anderen interessiert sein könnte. Nicht nachdem er mir so oft beteuert hatte, dass er nur mich wollte, dass ich ihm genug sei, dass er mich nie wieder gehen lassen würde. Doch mir schien als wäre das in einer anderen, glücklicheren Zeit gewesen. Was übrig geblieben war, war nur noch ein schwacher Abklatsch des herrlichen Sommers: die Hitze hatte das Gras versengt und verdorren lassen und überall mangelte es an dem Wasser, was für alles so lebenswichtig war. Es fehlte einfach an allen Ecken und Enden. Und ich spürte, dass auch uns ganz deutlich etwas fehlte.

„Sie ist Rumänin", erzählte er fröhlich. Ich sah ihm an, dass der Gedanke an sie ihn in Aufregung versetzte, wie ich es nicht mehr vermochte. „Meine Mutter hat den Kontakt zwischen uns hergestellt. Sie ist neu bei der Arbeit. Und stell dir nur einmal vor, sie spricht perfektes Spanisch und auch noch mallorquin! Ihre Familie ist hierhergekommen, da war sie 16, sie hat ihr Abitur gemacht und sogar hier studiert. Übrigens ist sie Informatikerin, genau wie ich."

„Wow", dachte ich. Die Frau hatte es ihm ganz schön angetan. Der Gedanke, der jedoch viel mehr schmerzte war, dass sie offensichtlich die perfektere Version von mir war: sie sprach spanisch, beherrschte die lokale Sprache noch dazu und studiert hatte sie auch, während ich gerade bloß ein Psychologiefernstudium absolvierte. Nicht zu vernachlässigen war dabei die Tatsache, dass auch sie Ausländerin war; und Juan stand sehr auf exotische Frauen. Das Gefühl, ersetzt zu werden, durchströmte mich heiß und formte sich in meiner Kehle zu einem bedrängenden Klumpen. Wieder einmal stand mir klar vor Augen, dass ich ihm nicht mehr gut genug war, nicht mehr ausreichte.

„Ich habe gestern auch jemanden getroffen", erklärte ich und sah voller Freude, dass sich auch auf seinem Gesicht Betroffenheit abzeichnete. Auch wenn ich es verachtete, gab es mir ein schadenfrohes Gefühl, als ich merkte, dass auch er gekränkt war. Er schien dieselben Empfindungen zu durchlaufen wie ich: auch Juan erkannte in seinem Widersacher die bessere Form seiner selbst.

„Wirst du sie wiedersehen?", fragte ich nach einer Weile. „Ich denke schon." Seine Antwort kam zögerlich. „Sie könnte eine richtige Freundin für mich sein. Du weißt schon, jemand, mit dem eine normale Beziehung möglich ist. Jemand, der mit mir zusammen alt werden würde. Ich möchte nicht, wenn ich alt und grau bin, allein in meinem Schaukelstuhl zuhause sitzen, verstehst du mich?"

„Ja." Meine Antwort klang stark und klar, stärker als ich mich in diesem Moment fühlte. Doch es stimmte, ich verstand ihn tatsächlich. Nur teilte ich diese Angst nicht. Ich war zuversichtlich, dass es immer Menschen in meinem Leben geben würde, denn ich vertraute auf das Universum.

...

Schweigend blickte ich auf mein Handy. Meine Nachricht war vor 20 Minuten verschickt worden, insgesamt wartete ich schon seit fast 40 Minuten auf eine Antwort und Juan hatte noch keine meiner drei Nachrichten beantwortet. Geschweige denn gelesen, obwohl er immer wieder online gewesen war. Also steckte ich mir die Kopfhörer in die Ohren, legte mich in die Sonne, begann ein Hörbuch zu hören und versuchte, mich zu entspannen. Dem Spanier war mit seinem Zeitmanagement sowieso nicht beizukommen! Und schließlich war ich keine dieser supernervigen Freundinnen, die alle zwei Minuten eine Nachricht an ihren Freund schreibt, auch wenn er offensichtlich gerade nicht antworten wollte.

Doch heute ließ er sich wirklich Zeit und langsam aber sicher wurde ich ungeduldig. Es war bereits kurz nach fünf und er hatte immer noch nicht auf meine Frage, ob er mich um sechs abholen wollte, geantwortet. Schließlich fragte ich ihn: „Hast du überhaupt Lust, mit mir auf die Party zu gehen?". Wir waren bei meiner Freundin, Tanja, zum Grillen eingeladen worden. Kommen würden nur Leute, die sehr gutes Spanisch sprachen oder aber eben selbst Spanier waren und so hatte sie mir angeboten, Juan mitzubringen, woraufhin ich freudig eingewilligt hatte.

Plötzlich summte mein Handy und endlich hatte ich eine Antwort von Juan: „Ja. Fahre jetzt los." Was war denn nur los mit ihm? „Ist irgendwas?", antwortete ich. Doch natürlich kam keine Antwort. Ich machte mich also fertig, versuchte, die genervte Stimmung zu vertreiben, wohlwissend, dass es mal wieder an mir sein würde, ihm mit einem Lächeln gegenüberzutreten.

Mit einem freundlichen „Hallo, mío", stieg ich in sein Auto ein und drückte ihm einen dicken Kuss auf die Wange. Seine Miene war reglos und er blickte mich starr an. „Hallo", sagte er. Mehr nicht. Innerlich seufzte ich und sehnte mich zurück zu den guten, alten Zeiten, schwelgte in Erinnerungen daran, wie es einmal gewesen war und versuchte, mich davon abzuhalten, dass meine Gedanken unwillkürlich zu einem anderen huschten – einem, dessen Gesicht zu strahlen begann, wenn er mich sah.

Einige Minuten lang schwiegen wir uns an und die Stille zwischen uns wurde immer drückender. „Was ist denn los?", fragte ich ihn erneut, aufrichtig darum bemüht, die Situation irgendwie zu retten und das unerträgliche Schweigen, das uns einander entfremdete, zu bannen. „Was los ist?", platzte er auf einmal heraus und ich bekam schon bei dieser kurzen Frage ein schlechtes Gewissen – obwohl ich nicht einmal etwas getan hatte. Er klang so vorwurfsvoll. „Ich habe den ganzen Tag gearbeitet, bin dann zu meiner Oma zum Mittagessen gefahren, habe schnell 10 Minuten mit meiner Mutter gesprochen, habe aus der besten Bäckerei des Viertels Nachtisch für die Party heute Abend geholt und musste dann nach Hause hetzen, um zu duschen, bevor ich dich treffe. Und in der ganzen Zeit hast du nichts Besseres zu tun, als rumzustressen und mir Vorwürfe zu machen und mir dann auch noch vorzuwerfen, dass ich gar nicht mehr hingehen möchte, nur weil ich zu beschäftigt war, um zu antworten?"

Entsetzt schluckte ich. Und noch einmal. Während das säuerliche Gefühl eines erneuten Streits in mir aufkam. „Immer wieder, jeden Tag aufs Neue", schoss es mir durch den Kopf. Bedacht atmete ich durch. „So habe ich das doch gar nicht gemeint", erwiderte ich. „Ich wollte lediglich wissen, ob du noch Lust hast hinzugehen. Das war nicht böse gemeint. Du musst bei solchen Dingen etwas Nachsicht mit mir haben. Die ganz feinen Nuancen der Sprache beherrsche ich eben nicht so wie du. Aber das weißt du doch." Wieder einmal war mir schmerzlich bewusst, dass ich noch nicht an dem Punkt angelangt war, an dem ich sein wollte, falls ich ihn denn jemals erreichen würde. Und leider kristallisierte sich auch genau dieser feine Unterschied immer wieder zu einem echten Problem heraus. Wie oft es doch immer an den kleinen Dingen scheiterte. Nicht nur in der Sprache, sondern auch im Leben.

„Lass gut sein", sagte Juan, der mir nun scheinbar auch meine bedrückte Miene ansah. „Wo geht's lang zu Tanja?"

Die Party war schon in vollem Gange, als wir ankamen. Immerhin hatten wir uns aufgrund des ganzen Trubels auch nicht unwesentlich verspätet und waren anderthalb Stunden nach der geplanten Zeit angekommen. Kaum waren wir aus dem Auto ausgestiegen, da lief uns die Gastgeberin auch schon in der für sie so typischen quirligen Art und Weise entgegen. Ich mochte Tanja sehr. Im Gegensatz zu den meisten anderen Menschen in meinem Umfeld verstand sie meine Lebensweise nicht nur vortrefflich, ja sie teilte sogar viele meiner Probleme und Sorgen. Auch sie steckte immer wieder in der verzwickten Situation, einem Mann begreiflich zu machen, dass er nicht auf ewig der Einzige bleiben würde, kannte die Anschuldigungen und Vorwürfe, die Eifersucht mit sich brachte. Auf diese Weise waren wir uns sehr nahe und beinahe zu so etwas wie Verbündeten geworden; wir teilten quasi das Leben der jeweils anderen. Wir waren die, die außerhalb der Matrix lebten.

Wir gesellten uns zu den anderen Gästen und dank Tanjas außerordentlichem Geschick, Leute miteinander ins Gespräch zu bringen, kannten wir bald die ganze Gesellschaft. Mit fast jedem der Anwesenden trank ich ein Gläschen, hörte mir lustige Geschichten aus der spanischen Community an und erfreute mich an den neuen Bekannten. Je später es wurde, desto lustiger wurden die Witze und desto heiterer die Stimmung. Es wurde geflirtet, man fand sich zu Grüppchen zusammen und die Heitersten unter uns taten das, was Betrunkene eben so tun.

„Mit wem bist du nochmal hier?", fragte mich der Spanier, mit dem ich mich gerade unterhielt. Wie ich war er Taucher und wir waren gerade inmitten einer angeregten Diskussion über die besten Tauchplätze Mallorcas. Suchend blickte ich mich um. „Mit meinem Freund", antwortete ich, „ich sollte mal schauen, wo er ist. Wir sehen uns nachher sicher nochmal". Ich stand auf und merkte, dass das letzte Glas Wein mein Gleichgewicht doch etwas angeschlagen hatte und kicherte in mich hinein.

Leicht schwankend begab ich mich auf die Suche nach Juan und fand ihn schließlich auf einem Sessel etwas abseits der anderen.

„Hallo mío, hier bist du ja", sagte ich gut gelaunt, ließ mich in den Sessel neben ihm plumpsen und lehnte mich gegen ihn. Er rührte sich kaum, wandte mir schließlich doch den Kopf zu und sah mich mit einem melancholischen, nachdenklichen Blick an, der auf einen Schlag nahezu all meine Schwindelgefühle und auch meine beseelte Stimmung vertrieb.

„Ich habe nachgedacht", murmelte er, „darüber, was wohl aus uns wird."

„Du weißt genau, was ich möchte", entgegnete ich entschlossen.

„Ja und genau das ist mein Problem. Du und ich sind grundverschieden. Ich brauche klare Strukturen. Jemanden, der mir Gewissheit geben kann, darüber wer ich bin und was ich ihm bedeute. Der allein zu mir gehört. Und der nur mich liebt."

Den letzten Satz sprach er so leise, dass ich mir nicht sicher war, ob er überhaupt dafür bestimmt gewesen war, dass ich ihn hörte. In mir kroch wieder dieses komische, beklemmende Gefühl hoch, dass wir schon dabei waren, uns voneinander zu entfernen, obwohl unsere Zeit noch gar nicht abgelaufen war. Und das trieb mir urplötzlich die Tränen in die Augen, entfachte in mir ein so starkes Gefühl innerlicher Zerrissenheit, dass ich nicht anders konnte, als auf seinen Schoß zu klettern und mich in seine Arme zu kuscheln, mein Gesicht an seinen Hals zu schmiegen und seinen Geruch tief einzuatmen, während ich leise vor mich hin weinte und er mir den Rücken streichelte. So saßen wir dort eine ganze Weile, bald schon trudelten andere Gästen mit ihren Sektgläser und Fruchtgummis bei uns ein und holten uns aus unserer eigenen, kleinen Welt zurück, doch ich mochte mich noch nicht von ihm lösen – konnte es nicht.

„Hey Hera, trink noch einen Sekt mit mir." Tanja stand neben mir, lächelte mich an und ich kam von Juans Schoß herunter, setzte mich neben ihn und langsam gehörte ich wieder zum Partygeschehen. Ich scherzte, ich trank und ich lachte auch. Was passiert war, vergaß ich vorerst. Ich wollte nicht darüber nachdenken.

Juan hielt vor dem Weg zu meinem Haus, stellte den Motor ab und sah mich an.

„Dann also gute Nacht", sagte er, sah mich einen Moment lang an, lehnte dann den Kopf zurück an die Stütze und schloss die Augen. Er wollte offenkundig, dass ich nun ausstieg.

„Gute Nacht", murmelte ich leise, stieg aus und ging ohne ein weiteres Wort und ohne zurückzuschauen in Richtung Haus. Er ließ den Motor an und das Geräusch erklang laut in der Stille.

Ich verkrampfte mich, blieb vor der Haustür stehen und lauschte, wie der röhrende Motor langsam verklang, während das Auto auf die Straße fuhr und sich entfernte. So hatten wir uns noch nie voneinander verabschiedet – so kühl, ohne Zärtlichkeit und bereits meilenweit voneinander entfernt; wenn auch nur in unseren Köpfen.

Ich zog mein Telefon aus der Hosentasche. Meine Finger zitterten etwas und mit fahrigen Bewegung entsperrte ich es und tippte Juans Nummer ein. Es klingelte viermal bevor er abnahm.

„Komm zurück. Es fühlt sich falsch an, so auseinanderzugehen. Diese Art von Abschied möchte ich mit dir nicht haben – niemals."

Ich konnte nicht verhindern, dass mir beim letzten Satz die Stimme ein wenig zu zittern begann und wäre ich nicht so aufgewühlt gewesen, hätte ich mich vermutlich darüber geärgert, mich so wenig im Griff zu haben. „Ja, ich komme zurück", war seine knappe Antwort und er legte auf.

Als er wieder die Auffahrt entlang gefahren kam, stand ich bereits dort und erwartete ihn. Er schaltete den Motor ab, öffnete seine Tür und kam langsam auf mich zu. Irgendetwas an der Art wie er mir entgegenging bereitete mir Unbehagen und das Gefühl, dass etwas nicht in Ordnung war, ließ sich einfach nicht vertreiben. Seine Miene war undurchdringlich als er mich in den Arm nahm. Ich drückte mich an ihn und versuchte, in dieser Umarmung etwas von ihrer früheren Wärme wiederzufinden. Doch Juan legte nur seine Arme um mich, schmiegte seinen Kopf an meinen und löste sich gleich wieder von mir.

„Du solltest schlafen gehen. Du siehst müde aus."

Er tätschelte mir den Rücken und gab mir einen Kuss, dann wandte er sich zum Gehen und stieg wieder in sein Auto. Er schloss die Tür, startete den Motor und hob eine Hand zum Gruß. Ich sah ihm nach, wie er wendete und die Straße entlang wegfuhr. Einige Minuten blieb ich stehen und blickte dorthin, wo sein Auto verschwunden war, während ich keinen klaren Gedanken fassen und nur diesem unguten Gefühl in meinem Magen nachspüren konnte, das sich zu einem immer dickeren Kloß verdichtete.

...

Schweißgebadet wachte ich auf. Ein Blick auf den Wecker verriet mir, dass es erst 03:14 Uhr war. Ich hatte also gerade mal zwei Stunden geschlafen – das Einschlafen war mir nahezu unmöglich erschienen, die ganze Zeit hatte ich an Juan und sein merkwürdiges Verhalten denken müssen, mich gefragt, ob ich nun schon viel zu früh alles kaputt gemacht hatte und Angst gehabt, ihn zu verlieren. Eine Angst, die mich auch jetzt nicht losließ. Ich spürte, wo sie saß, tief in meinem Körper, unter meinem Brustbein. Sie schnürte mir den Brustkorb zu, erschwerte mir das Atmen und erfüllte mich kontinuierlich mit einer unbändigen, sich immer weiter ausbreitenden Beklemmung. Sie bereitete mir einen körperlichen Schmerz, ein beständiges Stechen, sie verfestigte den Kloß in meinem Bauch, so dass er mir wie ein Stein im Magen lag.

Mein erster Griff ging zu meinem Telefon. Keine neue Nachricht von Juan. Was hatte ich auch anderes erwartet? Er hatte sich nicht mehr gemeldet, seit er mich nach Hause gefahren hatte. Ich tippte eine Nachricht ein, bat ihn darum, dass wir uns am nächsten Tag direkt sehen konnten. Etwas stimmte nicht, das spürte ich. Mein ganzer Körper wusste es. Und ich würde nicht eher Ruhe finden, bevor ich wusste, dass alles wieder gut werden würde, nicht bevor ich wusste, dass er immer noch mein war.

Ich stand auf, lief rastlos umher und trank schließlich ein Glas Wasser. Ich versuchte, ruhig und kontrolliert zu atmen, den Schmerz, der in mir war, wieder aufzulösen und mich zu beruhigen. Unruhig wälzte ich mich in den Laken und hin und wieder döste ich ein, nur um kurz darauf wieder zu erwachen. Die Angst trieb mich, sie hielt mich wach und sie ermattete mich, doch gnadenlos versagte sie mir den Schlaf. Immer wieder schaute ich auf mein Telefon, wartete ungeduldig auf seine Antwort. Die Erlösung kam früh morgens um halb sechs und für mich doch eigentlich viel zu spät.

„Si", schrieb er mir, als Antwort auf die Frage, ob wir uns sehen könnten.

Es war gerade mal halb acht, doch ich packte im Handumdrehen einige wichtige Sachen ein, setzte mich ins Auto und fuhr los. Ich war mir nicht sicher, ob ich für das, was mich erwartete, gewappnet sein würde.

Vollkommen konfus kam ich bei ihm an. Ich war beinahe im Laufschritt die paar Meter von meinem Auto bis zur Haustür gelaufen, doch nun hielt ich plötzlich inne. In dem vergeblichen Versuch mich zu beruhigen, atmete ich tief durch. Dann drückte ich auf den kleinen Knopf neben seinem Klingelschild.

Eine gefühlte Ewigkeit wartete ich, während die Minuten verrannen und alles still blieb.

„Oh bitte, mach schon endlich auf", dachte ich.

Kurze Zeit später ertönte ein schlurfendes Geräusch, das so vertraut nach ihm klang, im Hausflur. Ein müde aussehender und eindeutig gerade aus dem Bett aufgestandener Juan stand mir genau gegenüber.

Er blinzelte mich durch seine noch halb geschlossenen Augen an und war offenkundig überrascht, mich schon so früh vor seiner Haustür zu sehen.

Kurz drückte er mich an sich, noch immer vollkommen schlaftrunken. Auch ich spürte die Last der letzten, schlaflosen Nacht immer schwerer werden, spürte, wie sie sich auf meine Lider senkte und meinen Blick zunehmend verschleierte. Ich schob mich an ihm vorbei, wankte in sein Bett und ließ mich hinein sinken. Die Decke zog ich mir hoch bis ans Kinn, kuschelte mich tief in die Kissen und nahm nur noch am Rande meines Bewusstseins wahr, wie Juan sich vorsichtig wieder neben mich legte. Ich schmiegte mich eng an ihn, sagte „bitte lass mich an deiner Seite schlafen". Dann schlief ich ein.

Drei Stunden später wurde ich von einem scharrenden Geräusch an der Schlafzimmertür wach. Doch jetzt gerade störte mich nicht einmal der nervige Hund, so sehr beschäftigten mich die Ängste der vorangegangenen Nacht. Nachdem ich mich nun einige Stunden hatte ausruhen können, fühlte ich mich zumindest ein bisschen erfrischt und bereit, dem Unheil entgegenzutreten. .

Ich blieb noch einen Moment liegen, sammelte meine Gedanken, dann schließlich stand ich auf und begab mich zu Juan ins Wohnzimmer. Er hatte sich aufs Sofa gesetzt und Jack neben sich. Abwesend tätschelte er ihm den Kopf, während er auf seinem Handy tippte. Als er mich hörte, hob er den Kopf.

„Guten Morgen, mía. Geht's dir besser?", fragte er.

Ein Lächeln stahl sich auf mein Gesicht, während er mich bei diesem Kosenamen nannte und für einen Moment schien die Welt beinahe wieder in Ordnung zu sein. Doch eben nur beinahe.

„Ja, lass uns etwas frühstücken gehen". Nebenbei begann ich, mir Schuhe und Jacke anzuziehen und bedachte ihn mit einem auffordernden Blick. Wir mussten reden, das wusste ich. Und ich wollte es so schnell wie möglich hinter mich bringen und das Grauen, das sich in mir angestaut hatte, auf dem schnellsten Weg wieder loswerden.

Wir saßen in einer Bar in Palma, in der wir schon des Öfteren zum Frühstücken gewesen waren. Das Essen hier war gut, doch heute war mir, obwohl ich hungrig war und mein Magen rumorte, nicht danach zumute, viel zu mir zu nehmen. Ich entschied mich also für das Einzige, von dem ich glaubte es herunter kriegen zu können: ein Baguette mit Marmelade und den schier unvermeidbaren café con leche – meine Nerven brauchten gerade den heute besonders.

Schweigend aßen wir, nur hin und wieder gab einer von uns eine Bemerkung von sich, aber die Unterhaltung dümpelte oberflächlich vor sich hin. Mit einem Finger sammelte ich die letzten Krümel auf und leckte sie ab, starrte unruhig auf meinen Teller und wusste nicht so richtig, wie ich das Gespräch, das wir nun führen mussten, beginnen sollte.

„Juan, ich hab mir lange Gedanken gemacht letzte Nacht. Über das, was du gestern Abend zu mir gesagt hast", begann ich zögerlich, während ich mir nervös eine Rockfalte glattstrich. Ich atmete tief durch, in dem Versuch, mich selbst zu beruhigen, legte meine gefalteten Hände in den Schoß und blickte ihm fest in die Augen. Diese Art von Unsicherheit und Bekümmernis war mir an mir selbst vollkommen fremd.

„Hör zu, wenn es dir so wichtig ist, und wenn es dir so viel bedeutet, dann wirst du weiterhin mein Freund bleiben. Ich gebe dir diese Definition, wenn du sie denn so dringend brauchst. Mir bedeutet es nichts. Ich sehe dich immer so, wie ich dich jetzt auch sehe – als dich. Egal, wie wir es nennen werden."

Sein Blick verfinsterte sich und ein Ausdruck der Frustration und des Bedauerns zuckte um seine Mundwinkel, umspielte seine Miene und grub tiefe Furchen in sein Gesicht.

„Ich glaube, du hast mich nicht verstanden. Was ich dir sagte, ist, dass ich nicht an eine Zukunft mit dir glauben kann. All das, was ich brauche, was ich mir vielleicht irgendwann wünschen werde, kann ich bei dir nicht finden. Nur dich, mich und... ein Kind. So etwas werden wir nie haben." Er sah mich ernst an. Ich erkannte die Traurigkeit in seinen Gesichtszügen, sie spiegelte die meine wieder, denn trotz allem hatte ich Verständnis für das, was er sagte. Es war die Wahrheit.

„Aber das Eine schließt das Andere doch nicht aus", versuchte ich ihn zu überzeugen. „Warum sollen wir denn etwas wegwerfen, das gut funktioniert, weil wir eine bestimmte Sache nicht miteinander teilen können? Das ist doch Wahnsinn. Wir lieben uns, und es wird sich sicherlich ein Weg finden, wie alles passen wird. So lebe ich schon mein ganzes Leben lang."

Schon während ich sprach, sah ich, dass meine Überzeugung, mein Glaube und meine aufkeimende Hoffnung ihn nicht erreichten, sah, dass es vergebens war. Er teilte meine Werte nicht.

„Ich bin traditionell, Hera. Du nicht. Wir funktionieren nicht gut und haben es auch noch nie getan", sagte er ernst. „Belüg dich doch nicht selbst. Du und ich sind grundverschieden, waren es schon immer und werden es auch immer sein. Daran ist nicht zu rütteln. Du wusstest es immer und es war dir egal. Für dich war ich doch sowieso nur ein Projekt, das nach einer bestimmten Zeit ablaufen würde."

„Das ist nicht wahr", entgegnet ich ihm hitzig. Wut überkam mich. „Du weißt genau, dass das nicht stimmt." Eilig sprach ich weiter, kam seinem Einwand zuvor. „Nur weil wir als Projekt begonnen haben, nur weil ich ein Projekt mit dir teile, heißt das doch nicht, dass DU ein Projekt für mich bist! Das habe ich nie gesagt. Du bist doch kein Ding, sondern ein Mensch, den ich liebe. Wenn es dich so stört, dann beenden wir das Projekt hier direkt auf der Stelle – jetzt gleich. Du wirst danach immer noch mein Freund sein und nichts wird sich geändert haben. Genügt dir das?"

Ich spürte, wie mir die Tränen in die Augen stiegen, wie ich sie nicht mehr zurückhalten konnte und sie anfingen, in einem stetigen Fluss über meine Wangen zu kullern, wo sie heiße Spuren hinterließen. Ich wandte den Blick ab und schaute zu Boden.

„Es reicht mir nicht und das weißt du. Wir sind inkompatibel. Ich kann nicht so leben wie du. Ich bin nicht du", flüsterte er leise.

Ich sah ihn an, sah, wie weh ihm seine eigenen Worte taten und dass auch ihm die Tränen in den Augen standen.

„Oh bitte, es muss doch einen Weg geben", dachte ich bei mir, stand auf und er erhob sich im selben Moment wie ich. Wie voneinander angezogen fielen wir uns in die Arme, hielten uns fest und suchten Trost beieinander. Wir wussten beide, dass das Unausweichliche kommen würde, dass es bevorstand und dass wir uns jetzt in diesem Moment trotzdem nicht damit befassen wollten. Jetzt in diesem Moment hatten wir uns.

„Te quiero", flüsterte ich ihm zu. „Te quiero", antwortete er.

...

Es dauerte zwei Tage, bis wir uns wiedersahen. Die Stimmung in dieser Zeit war komisch, wir entfernten uns immer weiter voneinander und ich fühlte mich machtlos dagegen. Ich hatte keine Kraft mehr, dagegen anzukämpfen, fühlte mich, als hätte er mich in unserer Wüste mitten im Sandsturm allein gelassen. Juan verhielt sich kühl, meldete sich kaum und ich verbrachte die meiste Zeit damit, stumm meinen Gedanken nachzuhängen. Das Tauchen erfüllte mich nicht mit der sonstigen Freude und die Welt schien ein bisschen grauer und trüber geworden zu sein. Genau diese Gefühle waren es eigentlich, die ich hatte meiden wollen durch mein Projekt. Ich wollte das Gute in Kopf und Herzen bewahren, all die schönen, wundersamen Erinnerungen, ohne sie in Dreck und Schlamm meist unschön verlaufender Trennungen zu besudeln.

Doch sei es, wie es sei, ich wollte ihn, ich wollte dieses Projekt und ich würde es durchziehen. Trübsal blasen konnte ich danach immer noch. Während ich mich also fertig machte – wir würden uns zum Abendessen treffen und danach die Nacht miteinander verbringen – ordnete ich mich, versuchte mich frei zu machen von derlei negativen Gefühlen, um einen glücklichen Abend mit ihm zu verbringen. Oder zumindest das, was uns vom Glück geblieben war, mit ihm zu teilen.

Wir trafen uns zum Pizzaessen, trafen unsere gewohnte Wahl und schon bald erschienen zwei duftende Pizzen auf unseren Tellern. Ich schnitt ein kleines Stück von meiner ab, pustete vorsichtig und der heiße Dampf verflüchtigte sich in der Weite des Restaurants. Ich ließ ihn ziehen und blickte ihm nach. Während ich meine Thunfischpizza zerkaute, folgten meine Gedanken einer schnurgeraden Linie, deren Ende immer in Grübeleien über unsere Zukunft mündete. Das Thema ließ mich einfach nicht los.

„Ich habe immer noch etwas auf dem Herzen, Juan", begann ich schließlich eine erneute Aussprache mit ihm.

„Das ist so typisch für dich", erwiderte er. „Kannst du es nicht einfach mal gut sein lassen? Es ist doch alles gesagt."

„Ich verstehe dich einfach nicht. Warum gibst du uns nicht eine Chance, wenn du mich liebst? Lass es uns doch auf einen Versuch ankommen lassen. Dann weißt du immerhin sicher, wovon du sprichst und wenn du es dann nicht willst, können wir immer noch eine andere Möglichkeit finden. Wir müssen uns diese gesellschaftlichen Normen doch nicht auferlegen, es ist unsere Entscheidung. Wir sind frei in dem was wir tun, Juan."

„Ich habe dich nie geliebt, Hera", war seine einzige Antwort. Nichts zu dem, was ich ihm gerade eben versucht hatte, begreiflich zu machen, nicht eine klitzekleine Annäherung seinerseits. Seine Antwort war für mich wie ein Schlag ins Gesicht. Ich konnte ihm gar nicht glauben – all seine Blicke, seine Gesten, was wir miteinander getan hatten, hatten Bände gesprochen.

„Aber du hast es mir so oft gesagt", brachte ich mit erstickter Stimme hervor.

„Ich sagte zu dir: *Te quiero*. Jemandem zu sagen, dass man ihn liebt, ist etwas ganz anderes. Ich hatte Schwierigkeiten einen klaren Gedanken zu fassen. „Aber *te quiero* heißt doch *ich liebe dich*", dachte ich bei mir. „*Te quiero* bedeutet so viel wie *Ich hab dich lieb*, aber man sagt es zu fast jedem: seinen Freunden, seinen Eltern oder sogar guten Bekannten. Und das habe ich auch wirklich, du bist mir teuer und ich hab dich gern, aber wie hätte ich dich jemals lieben können? Nachdem du mir immer wieder gesagt hast, wir seien nur ein Projekt, immer wieder klar gemacht hast, dass du mich verlassen würdest?"

„Aber jemanden zu verlassen bedeutet für mich nicht dasselbe wie für dich. Es ändert überhaupt nichts zwischen uns und an meinen Gefühlen zu dir. Es gibt uns lediglich die Freiheit, uns nicht mehr definieren zu müssen, sondern einfach wir zu sein. In jedweder Konstellation."

Er sah mich einfach nur an, seinen Blick starr auf mich gerichtet, die grünen Augen kalt und undurchdringlich.

„Und genau das ist das Problem. Ich verstehe nicht, wie du denkst und deine Lebensweise ist nicht die meine. Ich mag traditionelle Werte in meinem Leben; ich will gar nicht so leben wie du. Für ein zeitweises Projekt war es spannend, es war neu und aufregend und ich wollte mehr darüber erfahren, aber je länger ich dich kenne, desto klarer steht mir vor Augen, wie sehr du mich auf Dauer aufhalten würdest. Mir würde eine richtige Partnerin fehlen, eine mit denselben Zielen und Wünschen. Eine Beziehung auf Zeit wie du es immer betont hast, war in Ordnung für mich. Du wolltest nie mehr von mir und ich verstehe deine Sicht der Dinge nicht. Und ich habe nicht einmal die Chance, andere Frauen kennenzulernen und mit nach Hause zu bringen, weil überall deine Sachen herumliegen. Welcher normalen Frau kann ich das erklären, ohne dass sie gleich vor mir wegrennt?"

Mir stiegen Tränen in die Augen, in letzter Zeit war ich unheimlich nah am Wasser gebaut, meine Nerven waren überreizt und ich tendierte dazu, übertrieben stark auf alles zu reagieren. Und dazu verletzten seine Worte mich tatsächlich. All diese Frustration, die sich in ihm aufgebaut zu haben schien, kam in der unglücklichsten aller Situationen aus ihm heraus.

„Und ständig heulst du." Nun wurde er richtig ärgerlich. „Neulich bei Tanja, als wir am Samstag frühstücken waren und nun schon wieder. Du verdirbst allen um dich herum die Laune, nur weil du dich nicht zusammenreißen kannst."

Das war endgültig zu viel für mich. Mit einem ächzenden Geräusch schob ich den Stuhl zurück und erhob mich. „Ich brauch ein bisschen frische Luft, ich komme gleich wieder zurück"

Ich nahm meine Jacke vom Stuhl, zog sie mir auf dem Weg zur Terrasse des Restaurants enger um die Schultern und kämpfte gegen die Tränen an. Er hatte ja Recht, aber wie er mich momentan behandelte, war unmöglich. Ich stellte mich an die Brüstung, ließ den Blick über die Berge schweifen und atmete tief die frische Nachtluft ein, füllte meine Lungen bis in die letzte Zelle damit und befreite mich langsam und Stück für Stück von der Traurigkeit, die zuerst in Wut und allmählich in eine feste Entschlossenheit umschlug. Wenn er so sehr darauf beharrte, nur ein Projekt zu sein, dann sollte er genau das bekommen.

Als ich zu unserem Tisch zurückkehrte, hielt ich mich aufrecht, das Kinn erhoben und den Blick entschieden auf ihn gerichtet.

Mit derselben Entschiedenheit setzte ich mich. Ich sah ihm an, dass eine merkliche Veränderung an mir festzustellen war. Aber so war es nun mal, wenn ich mir etwas in den Kopf gesetzt hatte. Und ich sah seine Verwunderung angesichts dessen, dass plötzlich wieder eine starke – wenn vielleicht auch noch nicht ganz so stark wie vorher – , entschlossene und zielstrebige Frau vor ihm saß. Eine Frau, zwar gezeichnet von der Enttäuschung, dem Verlust und ihren eigenen Schwächen, jedoch auch eine, die wieder zu sich selbst gefunden hatte und sich nicht würde aufhalten lassen.

„Du hast mir sechs Monate versprochen und noch läuft das Projekt. Wir haben einen Vertrag. Noch kannst du mich nicht verlassen. Such dir ein Datum im Oktober aus und dann werden wir uns trennen. Endgültig – so wie du es wolltest. Aber vorher musst du einhalten, was wir abgemacht haben."

Seine Mundwinkel verzogen sich annäherungsweise zu einem Lächeln. „In Ordnung", sagte er. „Du hast Recht, ich habe es dir versprochen und wir werden es durchziehen, wenn du darauf bestehst. Und wie ich merke, tust du das offenbar."

Wir fuhren gemeinsam nach Hause, auch wenn ich kurz davor gewesen war, die Nacht allein zu verbringen. Aber auch mich selbst hielt ich zu Disziplin an. Also versuchten wir an diesem Abend den Anschein von Normalität zu wahren, das Versprechen, das wir einander gegeben hatten, nach all unseren Möglichkeiten einzuhalten. Ich schwor mir selbst ihn zu lieben, bis zum letzten Augenblick, mit meinem ganzen Herzen, versprach, dass ich mich nicht zuvor von ihm zurückziehen würde. Es kostete mich viel Anstrengung, denn noch immer spürte ich Groll in mir, doch ich würde vor unserem letzten Tag mein Herz an keinen anderen binden.

Oktober

Es war ein warmer Nachmittag und die Spätsommersonne stand leuchtend gelb am Himmel. Ich stand vor einer Strandbar und sog das Gefühl von Sommer mit jedem Atemzug ein, nahm es tief in mein Herz auf. Entspannt schloss ich die Augen und genoss das wohltuende Glühen und die Hitze in meinem Gesicht, es brachte mir die Erinnerung an heiße Sommertage zurück. An glückliche Tage, an eine Sommerliebe, von der ich nicht mehr glaubte, dass sie den Winter überstehen würde. Eine Liebe, genährt von Licht und Sonnenschein. Damals hatten wir die Realität noch verdrängen können.

Als ich Juan von Weitem auf mich zukommen sah, spürte ich einen Hauch dieses Sommerschimmers in mir aufkeimen und ein Lächeln machte sich auf meinem Gesicht breit. Nun, wir würden den Sommer vielleicht nicht zurückbekommen, aber wir konnten aus diesem letzten uns verbleibenden Monat immer noch das Beste machen. All die Probleme und den Streit hinter uns lassen. Wir hatten uns für heute vorgenommen, etwas wirklich Schönes zu machen. Es war wie die Krönung unserer Versöhnung und die Herausforderung war, trotz all dem, was geschehen war, wieder dort anzuknüpfen, wo wir aufgehört hatten.

"Hay que vivir el momento", dachte ich mir immer wieder und besann mich auf die Notwendigkeit, das Hier und Jetzt zu genießen. – *Lebe im Augenblick*

Wir begrüßten uns herzlich, nahmen uns in den Arm und hielten uns lange aneinander fest, bevor wir in die Bar gingen. Juan steuerte auf einen Tisch direkt am Wasser zu und wir setzen uns. Kurze Zeit später kam der Kellner mit unserer Bestellung – zwei Pinacolodas – zurück. Es war wundervoll: die Wellen rollten der Küste entgegen und ich sah ihnen beim Brechen zu, der eine oder andere Segler war in der Ferne zu erkennen, die Sonne stand hell am Himmel und allzu bald waren wir beide beschwipst von den Cocktails. Die Eiswürfel schmolzen in den Gläsern, während die Zeit verrann und wir miteinander lachten. Fast so, als wäre alles noch beim Alten.

Plötzlich nahm Juan meine Hand und drückte sie fest. „Mia, ich bin ziemlich beschwipst, aber ich wollte dir sagen, dass es mir leidtut. Ich hatte mir überlegt, heute etwas wirklich Tolles mit dir zu machen, etwas Romantisches sogar. Eigentlich sollten wir jetzt gemeinsam den Sonnenuntergang genießen, aber es ist noch viel zu früh und ich schon viel zu angetrunken. Das hatte ich einfach nicht bedacht." Er hickste und ich brach in fröhliches Gelächter aus. Einen kleinen

Moment lang starrte er mich verblüfft an und stimmte dann mit ein.

„Komm, wir fahren nach Hause", sagte ich, während ich aufstand, um die Rechnung zu bezahlen.

Langsam war es spät geworden, wir hatten es uns im Bett gemütlich gemacht und Jack zelebrierte sein allabendliches Gejaule, da man ihn aus dem Schlafzimmer verbannt hatte. Auch das unvermeidliche Wechseln der Bettwäsche lag glücklicherweise schon hinter mir. Ganz gewiss würde ich das nicht vermissen.

Zum ersten Mal wurde mir heute, vielleicht gerade wegen all dessen, was in der letzten Woche passiert war, bewusst, wie sehr die Dinge sich geändert hatten. Zwar war diese Kälte zwischen uns nicht mehr so eisig wie in den letzten Tagen und wir hatten mehr oder weniger zu unserem Alltag zurückgefunden, doch war auch alles anders als an unseren Sommerabenden. Das wurde mir heute, da ich einen Anflug dieses Gefühls, oder vielmehr einen Anflug einer Erinnerung an dieses herrliche Sommergefühl gehabt hatte, schmerzlich bewusst.

Während wir im Sommer jede freie Minute miteinander verbracht und uns nur einander gewidmet hatten, uns die Zeit zusammen, sobald wir getrennt waren, herbeisehnten, so beschäftigten wir uns nun gemeinsam getrennt. Jeder ging seinen eigenen Interessen nach und so kam es, dass wir im selben Bett lagen und mit unseren Handys im Internet surften. Eigentlich vergeudeten wir mehr und mehr unsere gemeinsame Zeit. Obwohl sie ohnehin schon begrenzt war.

Ich schaute nachdenklich zu Juan hinüber und sah, dass er sich gerade Werbeanzeigen für Antihaarausfall-Produkte ansah. Unsicher, ob ich belustigt oder genervt sein sollte, zog ich eine Augenbraue hoch, wohlwissend, dass er mich gerade nicht sah. Warum er ständig so auf Äußerlichkeiten fixiert war, blieb mir bis jetzt ein Rätsel. Oft genug hatte ich versucht, ihm klarzumachen, dass es einer Frau herzlich egal war, ob ein Mann Haarausfall hatte oder nicht, solange seine Attraktivität nicht unter fehlender Männlichkeit oder mangelndem Selbstbewusstsein litt. Gedankenverloren betrachtete ich die Bettdecke und stellte mir wieder einmal die Frage, ob und warum er wohl so ein schlechtes Bild von sich hatte und woher diese andauernde Unsicherheit in Bezug auf sein Äußeres kam.

Gerade als ich meinen Blick von der Decke löste, noch unentschlossen, ob ich ihm etwas dazu sagen wollte oder nicht, bemerkte ich, dass er sich längst anderem zugewandt hatte. Mit offensichtlich noch größerem Interesse als zuvor die Werbung betrachtete er nun spärlich bekleidete Frauen in Unterwäsche, denen er offenkundig auf Instagram folgte.

Augenverdrehend beschloss ich, ihn nicht weiter zu beachten, sondern mir stattdessen anzusehen, was es bei mir Neues gab. Auf seine halbnackten Frauen hatte ich gerade wirklich keine Lust.

„Hey, lass mich auch mal gucken." Juan schob sich neben mich und starrte auf mein Handy. Mein Instagramfeed war voll mit spärlich bekleideten Frauen, denen ich scheinbar ebenfalls folgte. Auch wenn ein wesentlicher Anteil dieser kunstvoll verschnürt war.

„Welche gefällt dir am besten? Also ich finde diese ziemlich heiß", setzte er an und ich begann zu lachen.

„Welche andere Frau wird das jemals mitmachen", dachte ich bei mir. „Du wirst noch merken, dass die Realität ganz anders ist, als du dir das vorstellst und merken, was du an mir hattest."

Als ich Juan durch die Pizzeria auf dem Weg zu unserem Lieblingsplatz folgte, nahm ich hinter uns auf einmal einen fürchterlichen Lärm wahr: Kindergeschrei.

Gerade als wir dabei waren uns hinzusetzen, trudelten die Kinder neben uns ein, kreischten, lärmten, quietschten und lachten. Es war ein Höllenlärm. Direkt neben uns befand sich die Geburtstags-Lounge; ein etwas separierter Raum für Anlässe genau solcher Art. Eine Mutter versuchte der Betreuerin des Restaurants dabei zu helfen, die Kinder zu sortieren und für Ordnung zu sorgen, sowie den Geräuschpegel zu dämpfen.

Juan sah mich mit einer Mischung aus Abneigung und Resignation an.

„Gehen wir woanders hin? Ich glaube, dahinten ist noch ein Tisch frei", sagte er schon halb im Gehen.

Beinahe ein wenig schadenfroh grinste ich in mich hinein und dachte bei mir, wie sehr er sich noch umschauen würde.

„Ja, mein Lieber. Das ist genau das, weswegen du mich verlassen willst. Das, was du dir wünschst. Und das und noch viel mehr wird dann auf dich zukommen." Ich fragte mich, wie es wohl tatsächlich mit ihm weitergehen würde. Bislang konnte ich ihn mir jedenfalls kaum in der Vaterrolle vorstellen.

„Siehst du, hier bin ich ungefähr vier Jahre alt. Und da, schau mal, da waren wir im Zoo." Mittlerweile waren wir wieder zuhause und Juan hatte haufenweise Kinderfotos von sich hervorgekramt. Völlig aufgeregt zeigte er mir Bilder von Ausflügen mit seinen Eltern, Bilder mit seinen Geschwistern und sein Enthusiasmus war ansteckend.

„Hier kommen Bilder aus meiner Partyzeit. Da war ich vielleicht so Anfang zwanzig."

Von dem Bild lächelte mir ein gutaussehender, junger, blonder Mann mit vollem Haar und grünen Augen zu. In der einen Hand hielt er eine Bierflasche, der andere Arm war lässig um einen seiner Kumpel gelegt. Er sah wirklich gut aus. So gut, dass ich meinen Blick kaum noch von dem Bild abwenden wollte.

„Warum nochmal habe ich dich nicht damals kennengelernt? Ich hätte dich auf der Stelle vernascht", sagte ich und wandte ihm endlich wieder meinen Blick zu.

・・・

Es dauerte einen Moment, bis er mir die Tür öffnete. Juan trug ein T-Shirt und eine Jogginghose, doch einen besonders entspannten Eindruck machte er nicht gerade. Irgendwie kam er mir eher aufgekratzt vor. Ich fragte mich, was wohl passiert war.

„Komm rein, schau, ich muss dir was zeigen", sagte er, während er mich mit einem Arm halb an sich drückte und mich währenddessen schon ins Haus zog.

Auf den ersten Blick jedoch wirkte alles wie immer und ich konnte mir den Grund der Aufregung noch nicht direkt erklären.

„Bleib genau hier stehen. Beweg dich nicht. Es ist eine echte Überraschung", begann er und ereiferte sich dann, nach etwas zu suchen. Er verließ das Wohnzimmer, in dem er mich stehen gelassen hatte und verschwand in die Küche.

„Wahnsinn, oder? Was sagst du dazu? Ich habe neues Geschirr!" Er hielt mir einen Teller und eine Tasse unter die Nase. „Komm mit in die Küche, ich muss dir unbedingt auch den Rest zeigen."

Er zog mich mit sich, auch wenn ich seine Euphorie nicht wirklich nachfühlen konnte. Doch seine gute Laune erheiterte auch mich und ich freute mich für ihn.

Das Geschirr fand ich allerdings furchtbar. Er hatte drei Kisten in der Küche platziert und überall Tassen, Teller und Schüsseln ausgebreitet. Sie gefielen mir nicht, waren für meinen Geschmack zu altmodisch, doch es musste ja auch ihm zusagen. Außerdem durchzuckte mich der Gedanke, dass ich nach Ende dieses Monats sein Geschirr sowieso nicht mehr benutzen würde. Irgendwie fühlte es sich merkwürdig an und ich war mir unsicher, ob mich diese Aussicht freute oder traurig stimmte.

„Woher hast du das?", fragte ich ihn.

„Ich habe aufgeräumt", erklärte er mir stolz. „Hab's in der Abstellkammer gefunden, ganz unten unter dem anderen Kram. Neues Besteck habe ich auch. Na, wie findest du das?"

„Super", gab ich zurück. Das war schon wieder so typisch für ihn. Da will er eigentlich schon seit längerem neues Geschirr haben und weiß nicht davon, dass er eigentlich welches da hat. „Der Mann ist so planlos." Doch ich riss mich zusammen und sagte nichts weiter dazu. Ich wusste gut genug, wie das enden würde.

„Ja, nicht wahr? Jetzt habe ich ganz neues Geschirr, sogar ohne mir welches gekauft zu haben. Das ist so klasse!"

„Er freut sich echt wie ein kleines Kind", dachte ich. „Als ob ihm gar nicht mehr klar ist, dass er dieses

Zeug natürlich irgendwann mal gekauft hat. Er hat es bloß vergessen."

Juan beugte sich über eine Kiste, holte noch mehr Teller hervor und wollte sie gerade in seine Spülmaschine einräumen, als ihm auffiel, dass sie scheinbar noch voll war. Er stellte die Teller auf der Anrichte ab und begann das saubere Geschirr in den Schrank zu räumen.

Mir fiel ein Topf auf, den ich bei meinem letzten Besuch eingeräumt hatte und ich wusste, dass er mal wieder seitdem nicht aufgeräumt hatte. Nein, ich würde nichts dazu sagen, dies war seine Wohnung.

„Es stört dich doch nicht, wenn ich das mit dem Geschirr eben erledige? Weißt du, es hat so lange gedauert, die ganze Abstellkammer aufzuräumen, dass ich es nicht mehr geschafft habe, das zu machen, bevor du kamst."

„Nein, kein Problem", antwortete ich und versuchte dabei ein Seufzen zu unterdrücken. Dann hätte ich ja auch meinen Laptop mitbringen und arbeiten können. Aber ich hatte mir extra Zeit für ihn genommen.

Ein wenig missmutig setzte ich mich schließlich vor den Fernseher und schaltete gelangweilt eine spanische Sendung ein, um die Zeit wenigstens noch produktiv zu nutzen. Es ärgerte mich, dass er mir nicht mehr dieselbe Aufmerksamkeit zuteilwerden ließ wie früher. „Da hat er sich noch gefreut, wenn ich hergekommen bin", sinnierte ich. „Jetzt hat er Wichtigeres zu tun als mich zu sehen. Damals konnte ich ihm gar nicht lange genug hier sein und er konnte nicht genug meiner Zeit haben. Jetzt lässt er mich hier so sitzen."

Ich versuchte, meine negativen Gedanken zu verscheuchen und konzentrierte mich auf die Serie. Sie war gut und nach einer Zeit hatte sie mich so sehr gepackt, dass ich auch Juans fröhliches Pfeifen aus der Küche kaum noch wahrnahm.

„Hast du Lust, was essen zu gehen?", fragte Juan mich, als er knapp anderthalb Stunden später aus der Küche zu mir kam. „Ich bin fertig und hab einen fürchterlichen Hunger. Wie wäre es mit unserem Lieblingsjapaner?"

In diesem Moment erblickte Jack ihn, der bis dahin in seinem Körbchen vor sich hingeschlummert hatte und rannte schwanzwedelnd und kläffend auf Juan zu.

„Da ist ja Papas Liebling! Wie geht's meinem süßen Jack?" Juan tätschelte seinem Hund den Kopf und Jack brummte glücklich vor sich hin.

„Klingt gut", antwortete ich. „Ich hole nur eben meine Schuhe", sagte ich mit einem Blick auf ihn, der bereits fertig angezogen war und schaltete den Fernseher aus.

Als ich zurück ins Wohnzimmer kam, hielt ich verdutzt einen Moment inne. Hatte ich den Fernseher nicht gerade ausgeschaltet? Dann sah ich, wie Juan herumhantierte.

„Hast du den Fernseher wieder eingeschaltet?", fragte ich, obwohl mir im selben Moment bewusst wurde, dass meine Frage kompletter Unsinn war. „Na, wer denn sonst?", schalt ich mich selbst.

„Ja. Weißt du, wenn Jack die ganze Zeit alleine ist, dann streame ich ihm einen Film über meinen Computer. Dann kann er den auf dem Fernseher gucken und muss sich nicht die ganze Zeit langweilen. Mach hops aufs Sofa, Jack!" Er klopfte mit seiner linken Hand auf die Stelle neben ihm und Jack sprang freudig zu ihm hinauf. Augenverdrehend ging ich zur Tür hinaus.

Wir hatten einen schönen Abend beim Japaner und mit vollen Bäuchen kamen wir nach Hause zurück. Als Juan den Schlüssel im Schloss drehte, hörten wir von drinnen bereits Jack auf die Tür zulaufen. Das übliche Gebell begann.

Juan begrüßte seinen Hund und ging in die Wohnung, während ich noch einen Moment wartete, bis der Trubel an der Tür sich gelegt hatte. Ich vermied den Kontakt mit dem Hund, wenn sich mir die Möglichkeit bot.

„Oh nein!", hörte ich Juan von drinnen rufen. „Ach herrje! Oh nein, oh nein, oh nein!"

„Was ist denn los?", fragte ich, während ich eintrat und die Wohnungstür hinter mir schloss.

„Das Programm ist abgestürzt. Schon nach zehn Minuten. Der arme Jack muss sich ganz fürchterlich gelangweilt haben"

„Was, wirklich?"

„Ja." Juan wirkte ernsthaft bedrückt.

„Oh je, der arme, arme Jack", sagte ich und musste mir wirklich Mühe geben, den Lachanfall, der sich in mir aufbaute, zurückzuhalten. „Wie furchtbar er sich gelangweilt haben muss. Das tut mir schrecklich leid für ihn."

„Komm her, Jack!", rief Juan seinen Hund, der sogleich angelaufen kam und von seinem Herrchen ausgiebig gestreichelt und umsorgt wurde. „Das tut Papa so leid, mein Kleiner."

„Ich gebe Jack jetzt ein Leckerchen. Als Entschädigung. Das hat er sich heute wirklich verdient. Ja, komm!"

Juan verschwand mit seinem Hund in der Küche und während ich hörte, wie er die Verpackung des Hundefutters aufriss und der Hund kurz darauf in ein lautes, zufriedenes Schmatzen ausbrach, gestattete ich mir endlich ein langes und breites Lächeln.

...

Miguel holte mich von zuhause ab. Wir hatten einiges geplant für heute: doch zuallererst brauchte ich einen neuen Tauchanzug. Und so fuhren wir shoppen.

Der Laden hatte eine stattliche Auswahl schöner Neoprenanzüge in den verschiedensten Farben, doch selbstverständlich schaute ich mich nach einem schwarzen um. Direkt fand ich ein schönes Modell und Miguel folgte mir – wie gewohnt etwas schüchtern – zur Anprobe. Der Anzug saß perfekt, das Neopren schmiegte sich eng an meinen Körper und ich bekam direkt Lust, damit tauchen zu gehen.

Ich zog den Vorhang der Umkleidekabine zur Seite, um Miguel meine neue Tauchkleidung vorzuführen. Er musterte mich eindringlich von Kopf bis Fuß, schaute ein wenig verunsichert zur Seite und murmelte etwas davon, dass er scheinbar passte und mir sehr gut stand. „Er schämt sich, mich anzusehen", dachte ich mit einer Mischung aus Erstaunen und Belustigung. Zu gerne hätte ich gewusst, was in diesem Moment in seinem Kopf vorging. Mir war jedoch klar, dass ihn danach zu fragen ein aussichtsloses Unterfangen gewesen wäre.

Ich entschied mich für den Anzug. Miguel hatte Recht gehabt, denn er schmeichelte mir wirklich. Außerdem war er von guter Qualität und auch ich gefiel mir sehr darin. Als wir schließlich an der Kasse zum Bezahlen standen, hatte sich noch einiges mehr angesammelt, das ich mitnehmen wollte: ein paar Füßlinge, Unterzieher, Handschuhe… Irgendwas brauchte man eben immer.

„Was hältst du von der hier?", fragte Miguel und hielt mir eine Schnorchelmaske hin. „Sie sieht irgendwie sehr praktisch aus und ich glaube, für mich wäre die eine sehr gute Option, weil der Schnorchel schon dran ist. Ich atme nicht so gerne durch den Mund. Du als Profi kennst dich doch da sicherlich aus."

Es war die gleiche Maske, nach der Juan mich im Sommer schon gefragt hatte und wieder einmal stand mir klar vor Augen, wie ähnlich sich diese beiden

Männer im Grunde waren. Mit einiger Schwierigkeit unterdrückte ich ein Kichern, doch ich spürte wie sich ein kleines, belustigtes Schmunzeln in meine Mundwinkel schlich. „Ich habe gehört, die sollen sehr gut sein", antwortete ich wahrheitsgemäß.

Nebeneinander und bepackt mit Tüten schlenderten wir schließlich zum Auto zurück. Es war noch früh, gerade einmal sechs Uhr und wir wollten in die Kinovorstellung um acht. Trotzdem entschieden wir uns, schon einmal zum Einkaufszentrum, in dem sich das Kino befand, zu fahren und dann dort vor Ort zu entscheiden, wie wir uns die restliche Zeit vertreiben würden. Angebote gab es dort immerhin reichlich.

Miguel machte einen nervösen Eindruck, während wir im Auto saßen, nestelte an seinem Haar oder seinen Hosentaschen herum oder rieb sich das Ohrläppchen. Schließlich griff er nach seiner Jacke, die hinter ihm im Auto lag und holte aus einer der Taschen etwas heraus. Als ich erkannte, was es war, blieb mir für einen Moment die Luft weg vor lauter Unglauben.

„Das ist doch jetzt nicht dein Ernst!", rief ich bestürzt aus. Schuldbewusst sah Miguel zur Seite, fuhr jedoch unbeirrt fort und nun war mir schließlich klar, wonach er suchte: nach einem Feuerzeug.

„Steck den Joint weg, verdammt noch mal! Du kannst doch nicht ernsthaft beim Autofahren kiffen wollen." So langsam wurde ich wirklich sauer. Zwar war ich von den Spaniern mittlerweile einiges gewohnt, was Drogenkonsum anging und wusste auch, dass das ein oder andere hier etwas lockerer gesehen wurde, aber das war einfach zu viel des Guten. Verschämt nahm er den Joint aus dem Mund und steckte ihn zurück in seine Jacke. Den Rest des Weges war er ziemlich schweigsam und ich ebenso. Sein Verhalten stieß mich ab und ich war unsicher, ob und wie ich damit umgehen wollte. Es gab Dinge, die ich gut übersehen konnte und andere, bei denen das nicht so ohne weiteres möglich war: zwanghafter Drogenkonsum gehörte definitiv zu letzterer Sorte.

Im Einkaufszentrum angekommen entschieden wir uns zunächst einmal dafür, in einer ruhigen Ecke einen Kaffee zu genießen und zogen uns in eine kleine Bar zurück.

„Wo wollen wir sitzen?", fragte ich Miguel und verharrte eine Schrittlänge hinter ihm.

„Oh ich, ähm, also wo möchtest du denn sitzen?"

„Irgendwo. Such dir einen Platz aus", gab ich zurück. Unfassbar, was für Probleme manche Männer mit so einfachen Entscheidungen haben konnten. Und er war da immerhin nicht der Einzige, der mir auf Anhieb einfiel. Nachdem er sich einige Augenblicke später noch immer nicht gerührt hatte, sondern nur fieberhaft mit seinen Augen den Raum absuchte, ging ich mit einem Seufzen an ihm vorbei und steuerte geradewegs auf einen Tisch zu. „Siehst du, so schwer ist das doch gar nicht", dachte ich mir, als ich merkte, dass er mir kurz darauf folgte, wenn auch noch immer etwas zögerlich.

Als wir uns schließlich auf den Weg zum Kartenschalter machten, hatte die Stimmung sich gelockert und Miguel war wieder guter Dinge. Er plapperte fröhlich und ich genoss die Zeit mit ihm. Einige Meter vor der Kasse hielten wir schließlich an. Wir hatten uns noch nicht für einen Film entschieden und interessiert betrachtete ich die Plakate. „Was für einen Film sollte ich wohl am besten mit ihm gemeinsam sehen?", fragte ich mich gerade und entschied, ihm eine zweite Chance zu geben und ihn noch einmal nach seiner Meinung zu fragen. Vielleicht würde er sich dieses Mal ein wenig entschlossener geben.

„Was magst du sehen?"

„Hm, also ich weiß nicht so recht. Entscheide du", gab er wie auch davor schon zurück und ich begann mich ernsthaft zu fragen, warum ich mir das nächste

Bürschchen gesucht hatte. Auch Juan war bisweilen nicht wirklich entscheidungsfreudig gewesen, wobei Entscheidungsfreudigkeit eine Eigenschaft ist, die mir am männlichen Geschlecht normalerweise besonders zusagt. Vielleicht auch gerade, weil ein so eklatanter Mangel daran herrschte, dass es geradezu herausstach, wenn sich ein Exemplar fand, das dessen mächtig war.

„Komm, wir holen Karten für Star Trek", entschied ich also. Es war das, wonach mir gerade am ehesten zumute war.

Der Kinosaal dunkelte sich langsam ab, die Leinwand begann zu flimmern und der Geruch von Popcorn umhüllte uns. „Ach, dieses Knistern, das aufkommt, sobald man das erste Mal miteinander ins Kino geht", dachte ich. Ob er wohl meine Hand nehmen würde?

Gespannt wartete ich ab. Der Film verstrich zusehends und Miguel ließ seine Gelegenheit ungenutzt. „Nun mach doch endlich mal was!", ging es mir durch den Kopf. Als nach der Hälfte des Films immer noch nichts geschehen war, lehnte ich meinen Kopf an seine Schulter und spürte kurz darauf, wie er seinen Kopf auf meinen legte. Ich genoss das Gefühl seiner Nähe für eine Weile, richtete mich jedoch wieder auf, als mein Nacken schmerzhaft zu ziehen begann und sein Kopf anfing, einen unangenehmen Druck auf mich auszuüben. Nun wäre es an ihm, die Initiative zu ergreifen. Ich machte es ihm leicht und ließ meine Hand auf der Lehne liegen. Es wäre so einfach.

Durch die Sitzreihen machten wir uns auf den Weg zum Ausgang, stiegen über auf dem Boden liegendes Popcorn und Getränkebehälter. Der Film hatte uns beiden gefallen und guter Laune machten wir uns auf den Heimweg. Miguel würde mich zuhause absetzen, bevor auch er heimkehrte. Wider meines Erwartens hatte er die Gelegenheit nicht genutzt und während des gesamten Films keine weitere Nähe zu mir gesucht. Zwar war mir bewusst, dass er schüchtern war, aber ein so eindeutiges Zeichen nicht zu erkennen oder sich trotz allem nicht zu trauen, blieb mir unvorstellbar. Aufgeregt erwartete ich, wie er sich wohl von mir verabschieden würde.

Er hielt vor meinem Haus. Ich öffnete die Tür und stieg aus. Von der anderen Seite des Autos her hörte ich Miguels Tür zuschlagen und kurz darauf erschien er neben mir. Schüchtern lächelte er mich an. Unwillkürlich breitete ich die Arme aus, zog ihn an mich und hielt ihn so eine ganze Weile fest. Wir beide genossen diese Nähe miteinander und eine Woge wohligen Schweigens kam über uns, während ich die Ruhe und Ungestörtheit des Moments in mich aufnahm. Ich fühlte mich gehalten und sehr, sehr wohl bei ihm. Langsam löste ich mich ein Stück von ihm, um ihm besser ins Gesicht und die schönen, blauen Augen sehen zu können. Würde er mich nun küssen? Es war der perfekte Zeitpunkt. Einen Augenblick lang harrte ich aus, wohlwissend dass dieser Schritt von ihm kommen musste, egal wie sehr ich ihn mir herbeisehnte. „Komm schon, wir wollen es doch beide!" Ich schürzte die Lippen, nur ganz wenig, doch genug als dass er es gemerkt haben musste und wartete noch einen Moment. Er jedoch zögerte und die Gelegenheit verstrich.

„Gute Nacht", flüsterte ich ihm zu, drehte mich um und verschwand einige Minuten später hinter der Tür meines Hauses. Er hatte mir noch etwas sagen, mich noch nicht gehen lassen wollen, das hatte ich an seinem Gesicht gesehen, jedoch war der Zeitpunkt da gewesen. Ich nahm es ihm nicht übel, schließlich hatte ich noch immer ein Lächeln auf den Lippen, die Erinnerung an das tiefe Blau seiner Augen und die Wärme seiner Umarmung an meinem Körper.

„Trau dich", schrieb ich ihm schließlich. Die Nachricht war eindeutig und vielleicht brauchte er tatsächlich eine klare Ansage.

„Das werde ich", kam kurz darauf seine Antwort. Ich lächelte.

• • •

Es war die 42. von 50 Nächten. Eine weitere Spanischlektion und ich hatte keine Lust zu Juan zu fahren. Ich hatte genug.

Als er mich an der Haustür empfing, hielt ich ihm die Wange zur Begrüßung hin, er jedoch nahm mein Gesicht zwischen seine Hände und gab mir einen zärtlichen Kuss auf den Mund.

„Hallo, komm rein. Worauf hast du Lust heute?" Er schlang seinen Arm um mich und drückte mich an sich, dann gab er mir noch einen Kuss auf die Wange. Was war denn heute los mit ihm? So liebevoll war er in den letzten Tagen nie gewesen.

„Ehrlich gesagt ist mir gar nicht so besonders danach, irgendwas zu tun. Wollen wir uns einfach einen gemütlichen Abend machen? Einen leckeren Wein, Schokolade, ein bisschen faulenzen und auf dem Sofa kuscheln?"

„Klar, klingt gut. Gehst du in der Küche mal nach Schokolade suchen? Ich bereite hier alles vor. Wo der Wein steht, weißt du ja."

Einige Augenblicke später kehrte ich mit einer Flasche Weißwein und Haselnussschokolade ins Wohnzimmer zurück. Er hatte das Licht gedimmt, das Sofa ausgezogen und eine Decke aus dem Schlafzimmer geholt. Dies würde ein kuscheliger Abend werden. Während ich gerade zwei Weingläser aus dem Schrank nahm, um uns beiden einzugießen, fragte Juan plötzlich: „Was hältst du davon, wenn wir einen Serienmarathon machen? Einen richtig langen? Alle Folgen *How I met your mother* bis zum Ende unserer Beziehung?"

„Du weißt, dass uns nur noch wenige Nächte bleiben, oder?" Ungläubig sah ich in an, begann aber fast im selben Moment wie er zu grinsen. „Aber in Ordnung, stellen wir uns der Herausforderung!"

Ich lümmelte mich neben ihn aufs Sofa und schon spielte er die erste Folge ab. Es folgten dieser noch viele weitere an diesem Abend, Juan hatte bereits zuvor Bekanntschaft mit meinem Ehrgeiz und meiner Dickköpfigkeit gemacht.

Wir machten gerade eine Pause. Das Gespräch drehte sich – nachdem Jack mehrmals sein eigenes

Standbild, das als Bildschirmschoner auf Juans Bildschirm aufgetaucht war, trotz wiederholter, vergeblicher Versuche Juans, ihn davon abzuhalten, angeleckt hatte – nur noch um Hundeerziehung. In der Vergangenheit hatte ich Juan wohlwissend, dass es stimmte, schon oft vorgeworfen, er habe seinen Hund nicht im Griff und er hatte seinerseits nun darauf erwidert, dass Jack sogar auf bestimmte Worte reagieren könne. Das versuchte er mir nun anhand ausgewählter Beispiele zu demonstrieren, während sein Hund bereits wieder zur Stelle war.

„Pass auf, wenn ich sage „abuelitos" rennt er zur Tür, um seine Großeltern zu begrüßen."

„Großeltern? Der Mann sieht den Hund tatsächlich als sein Kind an", dachte ich resigniert.

„Jack!", rief er seinen Hund. „Abuelitos!" Wie vom Blitz getroffen raste Jack auf die Tür zu, schlug einen Haken, rutschte beinahe aus und sprang schwanzwedelnd auf seinen Lieblingssessel, wo er bellend hin und her trippelte.

„Das klappt ja wunderbar", lachte ich laut los. Immerhin war dies mittlerweile sein sechster Versuch gewesen. Standhaft weigerte er sich trotz allem zu glauben, dass sein Hund einfach nicht gut erzogen war. Jack dagegen schien das Spiel zu genießen.

Fröhlich hopste er auf seinem Sessel herum, lief Juan zwischen die Füße oder schnupperte aufgeregt an seiner Weste. Ich verdrehte die Augen, sobald ich an die mit Sams Namen versehene Weste dachte. „Ein wirklich allerletzter Versuch", begann Juan. „Ich schwöre, das funktioniert immer! Du wirst sehen, gleich rennt Jack in die Küche und wartet vor dem Kühlschrank."

„Jack, Schinken!"

Wieder raste der Hund los, rannte quer durch die Wohnung aufs Fenster zu und blickte Juan erwartungsvoll an. Der ließ entmutigt die Schultern sinken.

„Komm, lass uns weiterschauen", sagte ich zu ihm und drückte ihn an mich. Ein triumphierendes Grinsen konnte ich mir allerdings nicht verkneifen.

Gerade als Juan die Fernbedienung zur Hand nahm, kam Jack angelaufen, bellte und lief schwanzwedelnd in Richtung Küche.

„Glaub mir, jetzt bekommst du auch keinen Schinken mehr!", rief Juan ihm nach und beide fingen wir an zu lachen.

...

Unsere letzte Woche brach an und wir trafen uns zu unserem letzten Freitagseinkauf im Carrefour. Als wir durch die Gänge schlenderten, die üblichen Sachen in den Einkaufswagen packten und ziemlich in unserem Alltagstrott versunken waren, steuerte Juan plötzlich auf eine Reihe von Antihaarausfall-Shampoos zu, die gerade offensichtlich im Angebot waren.

„Welcher Geruch gefällt dir am besten? Minze, Apfel oder Zitrone?", fragte er.

„Zitrone." Mit einem Lächeln sah ich, wie das Shampoo mit Zitronenduft von seiner Hand in den Einkaufswagen glitt und fragte mich gleichzeitig, warum er trotz nur noch einer verbleibenden Woche nun mich nach meiner Meinung fragte und nicht kaufte, was ihm gefiel.

„Du bist süchtig nach mir. Kein Wunder." Juan rollte sich auf den Rücken und betrachtete selbstgefällig seine Schlafzimmerdecke. „Wie arrogant von ihm", dachte ich. „Er ist echt der einzige Mann, den ich kenne, der denkt, ich könnte sowieso nicht anders, als verrückt nach ihm zu sein. Sowieso ist er der Allerbeste im Bett." Ich verdrehte die Augen. Eigentlich war er ja der Allerbeste in allem.

„Es ist ja auch nicht deine Schuld", versuchte er mich offenbar zu trösten. „Spanier sind einfach gut im Bett."

„Mit „Spanier" meinst du dich oder?", fragte ich zweifelnd nach.

„Nein. Spanier grundsätzlich. Alle Spanier sind gut im Bett. Jeder. Da gibt's sogar Statistiken drüber." Triumphierend hielt er mir sein Telefon hin. Er hatte eine spanische Webseite aufgerufen, bei der die Spanier die Top 10 der weltbesten Männer im Sex anführten. Ich zückte mein Handy, in der Gewissheit, dass auf einer deutschen Webseite das Ergebnis ganz anders ausfallen würde. Doch egal wo ich suchte, überall schienen die Spanier tatsächlich die Führungsposition innezuhaben. Resigniert legte ich mein Handy zur Seite.

Er grinste mich breit an. „Glaub mir, ich kann dir noch viel mehr über Männer beibringen. Zum Beispiel, woran man erkennt, ob ein Mann einen großen Penis hat. Alle Frauen stehen nämlich auf große Penisse."

Ungläubig blinzelnd sah ich ihn an. „Meinst du das ernst?"

„Natürlich. Glaube mir, ich habe da wirklich Ahnung. Auf jeden Fall ist das bei allen Spanierinnen so. Ich weiß, was Frauen wollen."

„Juan, du googelst Sätze, die Frauen sagen, um herauszufinden, was sie bedeuten!"

Er hatte tatsächlich den Anstand, wenigstens einmal zu Boden zu blicken und sich dessen, was ich gesagt hatte, bewusst zu werden, bevor er fortfuhr. „Ja, aber das ist was ganz anderes. Glaub mir, ich weiß das wirklich. Und ob ein Mann einen großen Penis hat, erkennst du an der Körpergröße. Ob er auch noch dick ist kann man übrigens an den Fingern sehen."

Ich begann zu lachen. „Ich hab in meinem Leben sicher schon mehr Schwänze gesehen als du, ich brauche da jetzt keine weiteren Lektionen. Das ist doch sowieso alles Quatsch!"

Er sah mich schockiert an, aber jedenfalls hatte ich nun meine Ruhe.

Wie so oft saßen wir gemeinsam beim Frühstück in unserer Bar. Gerade hatten wir darüber gesprochen, was der jeweils andere den ganzen Winter über tun würde und darüber, dass viele Dinge im Oktober enden würden. Es war eine sehr indirekte Unterhaltung und doch merkten wir beide irgendwie, worum es eigentlich ging.

„Wir haben noch vier Staffeln *How I met your mother* vor uns", sagte Juan. „Meinst du, wir schaffen das in einer Woche noch?"

„Auf jeden Fall werden wir uns ranhalten müssen." Eine merkwürdige Stille hing zwischen uns. Die Pause, die schließlich entstand, war schon fast unangenehm. Nach einer Weile sagte ich: „Hör mal, lass uns nicht über das Danach nachdenken, ja? Lass uns diese letzte Woche miteinander noch erleben, so als wäre nichts passiert. Als ob das Ende noch nicht bevorstehen würde."

Vor unserem nächsten Treffen wurde ich krank. Fiebernd lag ich auf dem Sofa, während auf dem Bildschirm unsere Serie lief. Juan wechselte heute die Bettwäsche, da es mir merklich immer schlechter ging. Eines von 50 Mal, das mir erspart blieb. Später kroch er zu mir unter die vielen Decken, unter denen ich lag und fror, wärmte und umarmte mich, bis wir schließlich früh im Bett verschwanden.

„Sehen wir uns morgen? Uns fehlt noch eine Nacht, bevor der Monat abläuft." Die letzten Tage hatte ich beinahe völlig verschlafen und immer noch fühlte ich mich unwohl und lag im Bett, jedoch ging es mir schon viel besser, als noch ein paar Tage zuvor.

„Nur, wenn es dir gut geht und du gesund bist. Aber glaub mir, der schlimmste Tag steht dir morgen erst bevor. Ich bin ein richtiger Erkältungsexperte." Da allerdings musste ich ihm ausnahmsweise – ohne auch nur darüber nachzudenken – zustimmen: niemand sonst, den ich kannte, hatte in vergleichbarer Zeit so viele Erkältungen hinter sich gebracht.

Tatsächlich ging es mir am nächsten Tag allerdings viel besser. Ich machte mich also auf den Weg zu Juan – auf den Weg zu unserer vorletzten gemeinsamen Nacht. Ein seltsamer Gedanke, der mich irgendwie auch mit Freude erfüllte.

Juan küsste mich, als ich ankam und wir verschwanden relativ schnell im Schlafzimmer. Fast manisch waren wir davon besessen, unsere Serie noch gemeinsam zu Ende zu sehen. Das Bett bezog ich heute nicht mehr neu. Ich hatte genug davon. Aber auch andere Bräuche verflogen zusehends: wir hatten es uns gerade bequem gemacht – ich lag in Juans Arm – als Jack durch die offene Tür spaziert kam und sich an Juans andere Seite kuschelte. Verflucht, jetzt war mittlerweile sogar der Hund im Bett!

„Wie schön, jetzt ist die ganze Familie beisammen!", sagte Juan beschwingt.

Ich sagte nichts dazu. In der vorletzten Nacht noch Streit zu riskieren, war einfach nicht meine Art.

Am nächsten Morgen wachte ich ausgeruht auf und hatte so gut geschlafen wie noch nie zuvor während der vergangenen 48 Nächte. Selbst die Tatsache, dass Jack, der während der Nacht dann doch noch aus dem Bett verbannt worden war, wieder einmal einen Haufen in die Küche gemacht hatte, konnte an diesem Morgen meine Laune nicht trüben. Ich stand also direkt beim Weckerklingeln mit Juan auf, etwas, das ich normalerweise vor lauter Müdigkeit nie getan hatte. Seine Verwirrung war ihm anzusehen und mein Verhalten schien ihm nicht sonderlich zu behagen. „Leg dich ruhig nochmal hin", sagte er schließlich. „Du weißt, nun ja, ich stehe immer früh auf, aber du musst deswegen nicht auch direkt aus dem Bett kommen."

Bereitwillig ging ich ins Bett zurück und rollte mich unter der Decke zusammen. Doch es gelang mir nicht so richtig noch ein wenig weiterzuschlummern und so stand ich nach mehreren vergeblichen Versuchen auf und entschied, mir einen Kaffee zu machen. Auf dem Weg in die Küche hörte ich Musik aus dem Bad. Juan hörte nie Musik...

Und da plötzlich dämmerte es mir: er stand extra früh auf, damit ich morgens nicht mitbekam, wie er auf die Toilette ging. Obwohl wir bereits 49 Nächte miteinander verbracht hatten und viele Hemmungen in dieser Zeit gefallen waren, schämte er sich für dieses nunmehr doch mehr als natürliche Bedürfnis. Immerhin war er nun schon mehr als zwanzig Minuten im Bad. Unschlüssig, ob ich sein Verhalten nur unreif oder zumindest noch lustig fand, machte ich mich auf den Weg zur Kaffeemaschine.

...

Unsere letzte Nacht war gekommen, es war die fünfzigste. Die Nacht, vor der wir uns gefürchtet, nach der wir uns gesehnt und die uns vor allem nie ganz losgelassen hatte. Von Anfang an hatte sie nach uns gegriffen und war unaufhaltsam näher gerückt. Ich blickte zurück auf das vergangene halbe Jahr: gemeinsam hatten wir das ganze Spektrum der Gefühlswelt erlebt – Freude, Wut, Enttäuschung, Leid, Liebe, Trauer und Lust. Nicht immer war es einfach gewesen und oft genug schwerer, als ich es mir hätte vorstellen können. In den letzten Monaten war ich oft genug nahe daran gewesen aufzugeben. Doch heute an diesem alles entscheidenden Tag, sah ich, dass es gut gewesen war zu warten, dass es alles Erlebte zerstört hätte, in Wut getrennte Wege zu gehen. Vermutlich hatte unser Vertrag sogar unsere Beziehung gerettet – wir würden uns ohne Streit heute trennen können, frei von Wut, Enttäuschung und Vorwürfen. Diesen letzten Tag würden wir genießen und ich wollte all die Missverständnisse und Streitigkeiten der vorangegangenen Monate endgültig hinter mir lassen. Wir würden unsere Liebe mit diesem letzten Tag und unserer Trennung nicht beschmutzen, sondern sie feiern, sie so feiern wie wir es das letzte halbe Jahr getan hatten. Und deswegen war ich bereit.

So gut meine Vorsätze auch gewesen waren, lange hielten sie jedoch nicht an. Juan und ich waren bei einem neuen Japaner zum Essen verabredet, doch als ich am vereinbarten Treffpunkt auftauchte, war von ihm keine Spur. Als er kurz darauf – und das war für ihn verdammt pünktlich – auf meine Nachricht reagierte, erklärte er mir in seiner allzu selbstgefälligen Art, dass ich mich – natürlich – am falschen Ort befand. Ich reagierte nicht und spürte eine unglaubliche Wut in mir hochsteigen, weil er mich schon wieder so ungerecht behandelte. Ich war mir sicher, genau dort zu sein, wo wir verabredet gewesen waren.

Schon wenige Minuten später erreichte mich eine neue Nachricht Juans, in der er seine Verfehlung zugab und außerdem erklärte, er habe sich allgemein im Ort geirrt. Ein neuer Standort kam direkt bei mir an, zusammen mit dem Angebot Juans, mir entgegen zu kommen.

Als wir schließlich aufeinandertrafen, entschuldigte er sich erneut und obwohl ich wusste, dass es unnötig war, konnte ich mich nicht zurückhalten und sagte: „Ach, du machst Fehler?". Auf diese Gemeinheit folgten viele weitere, obwohl ich mir fest vorgenommen hatte, diesen letzten Tag nicht zu ruinieren, doch ich konnte einfach nicht anders. Auch während wir aßen, schaffte ich es nicht, mich zusammenzureißen.

„Ich weiß das, wirklich. Du kannst mir glauben." Er hatte gerade versucht, mir etwas zu erklären. Wie so oft, konnte ich allerdings nicht umhin, meine Zweifel daran zu haben. Ich setzte ein süffisantes Grinsen auf. „Aber natürlich, du weißt doch alles. Du bist ja auch ganz, ganz toll", sagte ich in Anspielung auf seine Selbstdarstellung und Selbstverliebtheit, die mich in den letzten Monaten einige Nerven gekostet hatte.

„Aber ja. Ja, bin ich doch auch." Er wurde immer kleinlauter und das unausgesprochene „Oder?" hing in der Luft. In diesem Moment bereute ich mein Verhalten schon wieder. Das war nicht, was ich mir für unseren letzten, gemeinsamen Tag gewünscht hatte.

Leider war ich immer noch nicht fertig mit ihm. Sobald wir den Sushi-Laden verlassen hatten und zu seinem Auto gingen, machte ich weiter.

„Oh schau mal, dein Autochen. Ein Vogel hat Kacka darauf gemacht", bemerkte ich mit gespieltem Entsetzen. Ich erinnerte mich nur allzu lebhaft daran zurück, wie ich einmal vergeblich versucht hatte, ihn zu Sex im Auto zu überreden. Kein normaler Mann hätte dieses Angebot abgelehnt, für Juan jedoch kam es nicht infrage, sein Auto der Gefahr auszusetzen, beschmutzt und besudelt zu werden. Die Vergötterung seines weißen Seat kam beinahe der seines Hundes gleich.

„Oh je!", rief er aus. So machten wir auf dem Weg nach Hause einen Umweg über die Waschanlage und sein Auto erstrahlte unterwegs wieder in dem gewohnten Glanz. Auf der Fahrt plauderte er vergnügt, berichtete mir von seinen Plänen, die er ab Montag hatte und ich verkniff mir den Kommentar, dass es mich eigentlich nicht im Mindesten interessierte, was er ab morgen tun würde.

„Was ist denn jetzt los? Habe ich etwas verpasst?" Juan blickte mich erschrocken an, während ich splitterfasernackt aus dem Bad kam. „Nein, wieso?", entgegnete ich betont unschuldig und setzte ein breites Lächeln auf. „Ich habe nur gerade beschlossen, den Rest des Tages nackt zu verbringen."

Ein Grinsen stahl sich auf sein Gesicht. „Wie gut!", strahlte er.

„Hältst du dich wirklich für so toll, wie du immer vorgibst?" Ich versuchte, ein klärendes Gespräch mit ihm zu führen, krampfhaft darum bemüht, meinen Frieden mit ihm zu finden. Langsam hatte ich genug davon, ständig zu sticheln und ihn zu ärgern.

„Natürlich nicht", antwortete er entgeistert. „Das ist doch nur so eine Art zu reden, nichts davon war ernst gemeint. Ich mache doch bloß Spaß. Eigentlich dachte ich, du weißt, dass mein Bild von mir nicht so gut ist und ich mich nicht für was Besonderes oder Besseres halte."

Ich schluckte einmal kräftig und verfluchte mein bisheriges Verhalten. Er hielt mir die Hand hin und zog mich in seine Arme, während ich ihn eng umschlang. „Mía", flüsterte er mir zu. Etwas, das er schon so lange nicht mehr aufrichtig zu mir gesagt hatte. Freudig stellte ich fest, dass ich mich in diesem Mann vielleicht doch nicht so sehr geirrt hatte, wie ich zwischendurch schon glaubte. Es war wie ein Aufblitzen früherer Tage und die Erinnerung belebte auch das Gefühl wieder. Ich fühlte mich endlich ausgeglichener. „Lass uns unsere Serie weitergucken", schlug ich ihm schließlich vor.

Obwohl wir uns fest vorgenommen hatten, nicht über das Danach zu sprechen, kam mir der Gedanke doch immer wieder hoch, ohne dass ich es unterdrücken konnte. Fast unwillkürlich brach ich immer wieder in Grübelei aus. Ich fühlte, dass die unausgesprochene Frage, was passieren würde, auch Juan beschäftigte: der Sex war viel zärtlicher als sonst und er machte oft einen geistesabwesenden und anhänglichen Eindruck.

Gegen Ende des Abends rief ich meine Gesamtstatistik über meine Spanischstunden auf. Ab morgen früh würde mein Projekt offiziell als beendet gelten und ich hatte die 1.000 Stunden, die ich mir für diesen Zeitraum als Ziel gesetzt hatte, erreicht – mein Spanisch war fließend. Auch Juan war erfolgreich gewesen: mehr als fünfzig Prozent dieser Zeit hatte ich durch ihn erreicht, damit lag er auf Platz 1 meiner Statistik. Wir beide konnten zufrieden sein.

„Was war eigentlich dein schönster Moment in den letzten sechs Monaten?", fragte Juan mich, als wir im Bett lagen. Ein letztes Mal hatten wir gemeinsam die Bettlaken gewechselt und es war ein echter Akt der Befreiung gewesen. „Oh, ich weiß nicht genau", antwortete ich. „Ehrlich gesagt habe ich mir darüber noch gar keine Gedanken gemacht, und deiner?" Ein gedankenversunkenes Lächeln erhellte sein Gesicht. „Erinnerst du dich noch daran, als wir an meinem Geburtstag am Strand gezeltet haben? Das Zelt im Sand, einzuschlafen zum Geräusch der Wellen... das war mein schönster Moment."

Auch ich musste lächeln. „Ja, ich erinnere mich noch sehr gut. Diesen Tag habe ich sehr genossen, auch wenn es wie so oft etwas chaotisch mit dir war." Wir gaben uns unseren letzten Gute-Nacht-Kuss.

· · ·

Es war Mittag. Am Morgen hatte ich meine letzten Sachen aus Juans Wohnung zusammengepackt. Beide hatten wir den ganzen Morgen über versucht, den Gedanken an die uns heute bevorstehende Trennung zu vermeiden. Wir wollten im Moment leben, die Angst, vor dem, was uns bevorstand, noch nicht in unsere Herzen lassen, bevor es überhaupt so weit war. Die Stimmung war – obwohl bislang alles ganz normal verlief – unruhig und angespannt und wir wussten nicht recht, wie wir mit der Situation nun am besten umgehen sollten.

Juan hatte auf dem Seitenstreifen geparkt; er war mit seinen Eltern zum Essen verabredet und setzte mich am Park ab, wo ich mich mit Tanja treffen würde. Der Moment war gekommen: wir würden uns verabschieden und damit gleichzeitig unsere Trennung besiegeln. Es war der letzte Moment, um ihm die Dinge, die mich beschäftigt hatten, sagen zu können: wann und wie er mich verletzt hatte, was er bei einer neuen Freundin anders machen sollte. Doch stattdessen entschied ich, es ungesagt zu lassen, ihm die Vorwürfe zu ersparen und dass er mir wehgetan hatte, einfach zu vergeben. Darum war es die ganze Zeit während dieses Projektes gegangen: die schönen Seiten auszukosten und wenn man sich trennt, die Beziehung eben nicht im Nachhinein in schlechtes Licht zu rücken. Ich wollte nicht mehr für Schmerz und Leid sorgen – er brauchte all das nicht zu wissen.

Bevor wir uns verabschiedeten, gab es trotzdem noch eine letzte Sache, die ich ihm sagen wollte. „Ich weiß nun, was mein schönster Moment mit dir war."

Überrascht drehte er sich zu mir um. Er betrachtete mich fragend. „Welcher?"

„Im Sommer haben wir eine Wanderung gemacht und einen Berg bestiegen. Den Gipfel mit dir gemeinsam zu erreichen, obwohl es anstrengend und mühsam war und dort oben zusammen die Aussicht zu genießen, das war mein schönster Moment." Ich lächelte ihn vielsagend an und erblickte Verständnis in seinen Augen.

„Das wird nun also unser Adios", sagte ich zu ihm. „Du Übertreiberin", gab er zurück, während er mich fest an sich zog und wir uns aneinander drückten. Ich krallte meine Finger in seine Jacke und wollte ihn für einen Moment nicht loslassen, denn ich war mir unsicher, ob ich ihn überhaupt jemals gehen lassen könnte.

„Danke, Juan, dass du mir Spanisch beigebracht hast, es war nett mit dir. Tschüss."

Absichtlich wählte ich genau diejenigen Worte, die auch er damals zu mir sagte, an dem Tag, als ich ihn offiziell zu meinem Freund machte. Und ich bemerkte, dass er sich ebenfalls noch allzu gut daran erinnerte.

Er lächelte mich an und gab mir einen Kuss, doch keiner von uns konnte sich überwinden zu gehen, während wir uns noch immer fest umarmten. Eine lange Stille folgte. Keiner von uns wusste, wie es nun weiterging, ob wir uns jemals wiedersehen und was aus uns werden würde. Die Unsicherheit lähmte mich und für einen langen Moment konnte ich den Gedanken einfach nicht länger ertragen. Trotzdem sprach keiner von uns davon, wir standen nur da, lächelten uns an und schauten uns in die Augen.

„Hallo", sagte er, wie er es so oft getan hatte. Doch dieses Mal antwortete ich nicht mit Hallo. Meine Antwort lautete: „Tschüss." Wir küssten uns innig. Mein Lipgloss klebte an seinen Lippen, als wir uns wieder voneinander lösten und mit dem Handrücken wischte er sich über den Mund. Die feinen Glitzerpartikel brachen das Licht und Juan seufzte. „Das Zeug geht doch nie wieder ab."

„Stimmt", grinste ich. „Das bleibt jetzt für immer. Aber sei unbesorgt. Ich nehme dafür jede Menge Haare von deinem Hund mit."

Nun grinste er ebenfalls. „Und auch die bleiben wahrscheinlich für immer." Er schwieg eine Weile. „Wir hören uns", sagte er. Genau die Worte, die er bei unserer allerersten Verabschiedung auch gewählt hatte – eine Verabschiedung, nach der wir uns vermutlich nicht wiedergesehen hätten, wenn das Leben es nicht anders vorgesehen und uns Pedro geschickt hätte.

„So wie beim ersten Mal?", fragte ich. „Ja", antwortete er. „Genau so."

Wir umarmten uns ein letztes Mal, gaben uns einen letzten Kuss, bevor Juan in sein Auto stieg und losfuhr. Noch immer spürte ich ein Lächeln auf meinen Lippen.

Er hielt noch einmal kurz an der Bank, auf der ich saß, wir blickten uns noch einmal zueinander um und winkten uns ein letztes Mal, bevor ich ihm nachsah wie er davonfuhr.

Ganz plötzlich stiegen Tränen in meine Augen und rollten ungehindert über meine Wangen, als ich spürte, wie jemand die Hand auf meine Schulter legte. Tanja nahm mich in den Arm und ich schluchzte, fragte mich, wo der plötzliche, heftige Schmerz herkam und gestand mir ein, dass ich ihn vielleicht doch wirklich und aufrichtig geliebt hatte. Es tat weh. Es tat sehr weh und es dauerte noch eine ganze Weile, bis ich mich wieder beruhigte. Die Dinge waren gekommen, wie sie kommen mussten und ich sah mit ihm auch keinen anderen Weg. Obwohl der Schmerz mich überraschte in der Heftigkeit wie er kam – trotz der Zeit, die ich hatte, um mich darauf vorzubereiten – war ich überzeugt davon, dass wir richtig gehandelt hatten und dass, so das Leben es wollte, wir uns auch dieses Mal wiederfinden würden.

Hay que vivir el momento!
– *Lebe im Augenblick!*